GW01080062

Christine Angot

Not to be

Gallimard

La question est dans ma chair. Les médecins ne comprennent pas. Je suis prostré, muet. À l'hôpital, complètement muet. Je bouge très peu, en fait je rampe. Je reçois des visites, ne réponds pas.

« — Il doit garder du bruit dans la tête, nous savons qu'il entend... — Qu'il se récite des poèmes, des phrases qui lui sont restées !

— La voix des gens, il faut qu'il pense... »

Un vide dans ma tête aurait l'effet d'une embolie. Les médecins disent : « Obligez-vous ! » Je ne peux rien dire, ils veulent que je pense à des mots.

« — S'il s'endort il meurt... là, on ne pourra rien. — Si seulement on savait ce que c'est ! — Voyez, là, il ne dort pas, on voit qu'il vit. — Nous ignorons à quoi il pense, il pense c'est l'essentiel. — Qu'il n'ait pas l'esprit vide. »

Si je m'écoutais, j'obstruerais tout. Je me récite des phrases collées dans ma tête. Fixe le tissu tendu sur l'armoire, le même motif se répète, des courbes et des couleurs faibles. Je cherche des mots incrustés. Cherche un point dans ma tête avec des mots comme des taches, qui restent. Ne trouve pas. Fixe le tissu tendu. Cherche.

« — Récitez-vous des phrases, des poèmes, vous avez bien des souvenirs. — …qu'il ait toujours la tête pleine. »

Happé par le dessin imprimé, au cœur du dessin. Se forme le corps de mon père. En habit de cycliste, les cheveux blancs, un pull orange. Il ne faut pas que je dorme, mon père, pull orange, dans le dessin. Avant la prostration, je dormais, je rêvais. Il rentre de balade, avec son pull orange vif on dirait un vieil original. « J'ai commencé le manuel du vingtième siècle, je ne suis pas déçu… une décharge électrique. » Des phrases de mon père. Avant la prostration, j'ai fait un rêve la nuit. Le dernier rêve la dernière nuit. Dormir, je pouvais encore. Les médecins dans ma chambre parlent tous en même temps. Les voix se superposent, je n'entends pas, « le risque du coma… ». Je cherche des phrases, le rêve revient. Je cherche du bruit, viennent les images du rêve. J'étais un enfant pas désiré par son père. Ou je l'avais déçu. La réalité n'est pas celle-là. Cela, je ne comprends pas. Ou c'est une punition ou je ne sais pas, j'avais la forme d'un petit chien. J'habitais dans un studio.

Je suis un enfant-chien dans mon studio. J'arrête il faut des phrases qu'on entende, pas des images. Je vais mourir.

« Je veux le meilleur pour toi », parole de ma mère, j'entends. Ma mère se penche sur mon père. Une femme en fer. Elle veut l'embrasser. Mettre sa main autour du cou et l'embrasser. Le jour de la grande rupture, elle aussi en a pris plein la gueule. La vraie vache c'est elle, une femme en acier. Elle se penche. Un baiser dans une bouche de fer. Un court instant, lui, je ne le vois plus. Comment fait-elle pour poser sa main, puisqu'il n'y a rien ? Il n'y avait rien. Je voyais transparent le contenu du corps, une boule vide, même pas de lumière. À la place, rien. Il a reparu. La transparence était dans ma tête. Dans les bras de ma mère, une éclipse sur mon père. Voilà !… maintenant viennent à ma tête des images vides. J'arrête, j'efface, je cherche.

Sur le tissu collé, au centre de l'arabesque je vois le pull orange. À cause du dessin jaune-rouge sur fond vert. La couleur orange se détache et frappe les yeux. Je me perds dans le dessin, je ne dois pas. Il faut des phrases déjà faites. « Tu es beau mon fils », un jour que j'avais mis un habit noir ma mère m'a dit que j'étais beau ; un peu tard. Après, chaque fois que je remettais l'habit noir, je revoyais la femelle en elle. Des phrases comme celle-là, je préférerais pas.

Si possible, rien. Avant d'être malade je voulais dans ma tête un trou vide, sauf des chansons. Malade, je ne peux plus. J'aimais le vide, je ne peux plus. Je cherche la voix de Muriel. J'entends la liste des cadeaux. Cadeaux offerts à mon père pour sa retraite, la liste m'est restée dans la tête. J'entends.

Je voudrais des paroles de Muriel. Ne trouve pas. Elle n'a qu'un mot à la bouche « enfant ». Pour moi « enfant » autant dire poussière. Dès que je pense à Muriel j'entends « enfant » ; « enfant », alors j'ai dans le cerveau de la poussière grise, je chasse la voix. M'exerce sur la liste des cadeaux : « 1. Casque à pointe, 2. Maillot et collants courts de cycliste, 3. Chronomètre de sport avec contrôle des pulsations cardiaques, 4. Sulfure, 5. Cheval chinois en cloisonné haut de quinze centimètres et divers petits objets en cloisonné, »

J'étais un petit chien couleur crème. Habitais un studio, offert par mes parents déçus. Déçus d'avoir un chien, ou déçu de moi. Tout à coup dans le rêve je comprends qu'ils préfèrent mon frère. Tout ça… images, pensées vagues, je ne dois pas. Trop loin. Et contraire à la réalité. Le rêve de la dernière nuit, je ne dois. « Continue si tu veux mourir » je me dis à moi-même. Je ne veux pas mourir. Sauf dans le rêve. Parce qu'ils préféraient mon frère. En réalité c'est le contraire. J'arrête, je récite : « 6. Livres, trente-cinq kilos soit quinze à vingt mille pages — Livres d'art : *Van Gogh, Gauguin, Renoir, Toulouse-Lautrec, L'Impressionnisme,* livre sur Menton — Livres d'histoire : *Les Années Mémoires* (1919 à 1925, un ouvrage par année, avec photos dans tous les domaines de l'actualité : politique, économie, mode, sport, vie sociale…), » je continue, le chien crème dans le studio, j'arrête, je récite, j'entends pour ne plus le voir : « Histoire de Nice, trois gros volumes, deux ouvrages sur la guerre dans les Alpes du Sud, *Atlas politique du XXᵉ siècle, Clemenceau* par Duroselle, »

Se rêver chien autant dire anormal, j'avais lu, le soir avant la dernière nuit, un livre sur un enfant idiot. Son père voulait le noyer. Son cousin voulait le baptiser. J'entends « ce baptême fut effroyable ». J'entends « l'eau giclait de la gueule d'un lion de pierre ». « La gueule d'un lion de pierre, la gueule d'un lion de pierre… » je ne dois pas toujours répéter la même phrase, sinon c'est l'hypnose. J'entends les médecins « l'effet hypnotique ». La liste, il n'y a pas de danger : « *La Bible* (traduction œcuménique). » Si j'étais mort, dans ma tombe il y aurait ces phrases-là. Les répéter pour ne pas dormir. Je n'ai pas envie de mourir. Je me répète « tu es beau », je revois la femelle. L'important est le son pas la vision. Elle me répugne. Et puis la peur augmente.

Le dernier rêve la dernière nuit. Moi, un petit chien, je veux me suicider. Je suis dans mon studio. Une cousine qui m'aime enfonce la porte. Elle a tout deviné, me caresse, m'embrasse. Mais j'ai déjà commencé de me tuer. Elle va dans la cuisine, voit. J'ai fait rôtir un petit chien plus petit que ma taille. C'est moi. Il en reste la moitié, découpé par le milieu comme un poulet grillé. L'autre moitié j'ai presque fini de la manger. Ma cousine m'aime, voit. M'embrasse, « arrête, je t'aime ». Je mange mes cuisses. Le petit chien qui est moi grillé, rôti, l'aspect d'un chien pané. Pané, ce n'est pas le mot. Non, je l'avais fait grillé. Heureusement que je me suis réveillé. Mais depuis c'est la grande prostration. L'hôpital. La forme du chien, je ne comprends pas, je n'aime pas les chiens. Le poulet, je comprends. C'est à cause de Muriel qui le mange voracement. Un chien non désiré, je ne comprends pas. Je fixe le tissu, il y a toujours mon père orange. Il m'a voulu. Je chasse les images. Le silence est dans ma chair. Menaçant mes mains qui pourrissent. Menaçant tout le corps. « Pensez » j'entends dire les médecins. « Fouillez dans votre mémoire. » Dedans, je trouve ce que je hais. La liste des cadeaux, j'entends. Je l'ai relue tellement. Pour ne plus y croire. « ...cadeaux des collègues de la région, de la Caisse, de l'Urssaf, de la Caf, du Conseil Médical, des cadres de la

CPAM, de l'Institut de La Colle-sur-Loup, des Mutuelles, du Conseil d'administration, ta mère ayant participé à plusieurs manifestations, j'ajoute à cette liste des plantes, des fleurs dont une curieuse composition florale. » Je pourrais continuer, je n'aime pas. Mon père parlait toujours de ça. J'aimais sa voix, pas les phrases. « Le meilleur pour toi », parole de mère. Je cherche des mots d'amour. N'en trouve pas. Quand on faisait l'amour avec Muriel, il y avait seulement des cris. Des cris comment ? je ne les ai plus dans l'oreille. Des cris de moi. Aujourd'hui j'ai du silence sur les lèvres. À l'intérieur, des phrases haïes. Je les sais par cœur. « Tu es beau mon fils » la première fois qu'elle m'a vu tout en noir. Puis « 1. Casque à pointe, 2…, 3… » Muriel doit être dans le couloir. Rester dans ma chambre, elle n'aime pas. Elle entre, elle sort. Reste dans le couloir. La prochaine fois qu'elle me parlera, j'apprendrai par cœur sa voix. À l'infini, la même phrase, même si ça parle d'enfant. Et la répéterai dans ma tête. Je ne veux pas être un chien. Dans ma bouche vide, avoir sa voix. «Tu es beau. » Muriel, si j'ai oublié les mots c'est parce que j'aimais rien tant qu'enfouir ma tête sous son pull. Contre son ventre. Dans le noir. Ce que je voulais c'était rien entendre dans la chaleur. J'étais bien comme ça. Je collais ma tête. Cherchais son souffle. Le voulais à la place du mien. Son souffle, je l'entends encore. Mais les médecins préfèrent « tu es beau », « le meilleur pour toi », des vrais mots. Ils voient le souffle de Muriel comme du vent, dans ma tête.

« — Bien fixer le son des mots, comment faire ? — Pas toujours facile. — Souvent reste un souffle c'est tout. »

Ils savent. J'adorais sa respiration. Voulais toujours l'entendre, collé au ventre, sous des tonnes de pulls, penser à rien. Maintenant ça me fait du vide. Les médecins disent du vent. Rien. Je ne regrette pas. Si maintenant ça me fait du vide c'est parce qu'alors j'étais bien.

J'entends des phrases, je souffre. Ça me fait vivre. J'écarte le rêve, des images. « Le casque à pointe ? ! une vieille histoire. Ton grand-père avait ramené du front ou d'Allemagne, où il est resté prisonnier, un trophée. » Ça me vient. Je laisse venir parce que Muriel c'était trop bien alors d'elle je n'ai rien. « J'ai joué avec ce casque lorsque j'étais enfant. Un jour le casque disparut. » J'entends mon rire quand il a dit « c'est alors que nous prîmes conscience de la valeur sentimentale de ce casque ». Il avait eu comme cadeau un casque à pointe sur sa demande. Pour lui, un cadeau gros d'émotion. Il disait « retrouver les choses et les sentiments du passé, l'admiration pour mon père »… Le chien à cause de leurs plaisanteries.

Quand j'étais petit, « qu'est-ce qu'on mange ce soir ? », ma mère : « la cuisse de ton fils », et ça les faisait rire, à moi ça faisait peur. Résultat, j'ai des vieilles mains toutes cuites, je vais peut-être mourir. J'ai dans la tête des chansons, surtout les airs… je ne dois pas. Des mélodies entières, je ne dois pas. Le vent, le souffle, la mélodie, le rêve, je ne dois pas. La voix de mon père, oui. J'entends « lorsque j'ai vu que Robert éditait en néerlandais ç'a été comme une décharge électrique…, un texte d'Henri de Régnier que je ne connaissais pas (le texte, pas Henri de Régnier) » : Il voulait une Bible parce que la sienne était trop vieille… Dans ma tête je croyais avoir seulement Muriel. J'en étais sûr. Je fixe le tissu. Muriel, il était toujours question d'enfant. Enceinte, elle aurait changé de respiration. On aurait eu un chien. J'avais écrit à mon père « une belle carrière, non ? », je sais par cœur, j'entends « mon secrétariat, cinq femmes, mon harem dit ta mère… ». Avant la grande rupture. « Tu écris "une belle carrière, non ?", le point d'interrogation est justifié : qu'est-ce qu'une belle carrière ? tout est relatif. Quel était le milieu d'origine ? Les ambitions au départ ? Comment se sont-elles transformées ? On juge par rapport aux autres », j'entends tout. Et aussi « la substitution de raison d'être, comme l'écrivait Walter Rathenau… ». J'aurais voulu le serrer dans mes bras. Contre ma poitrine. Lui dire que je l'acceptais. J'entends « l'insidieuse question que chacun redoute, le successeur à l'heure de l'inventaire... »... « Mais tout cela n'a plus beaucoup d'importance. Ce qui compte désormais : quelques beaux vers, un bois en automne, un verre de bon vin, un vélo qui tourne rond. »

J'aurais préféré, contre la mort, d'autres voix. Dans ma tête tout circule en vase clos. Vient encore « le baptême fut effroyable », le dernier soir avant la dernière nuit. En vase clos j'aurais préféré une respiration ou une musique : chemin de la mort. Je me récite autre chose. Dans ma tête je croyais avoir seulement Muriel. Je n'ai plus la maîtrise de la parole. Ne choisis pas ce qui sort du dessin. Mon père orange, des phrases dans des lettres. À l'infini si je veux, lettres et liste, et « tu es beau mon fils », « le meilleur pour toi ».

Un des médecins se rapproche de moi. J'ai des mains de vieux. Des taches, les veines ressortent, des petits plis près des ongles. Sur du jeune c'est dégoûtant. Je me dégoûte. Le pas du médecin. J'ai des mains de pervers. Il entre, il tient un stylo-lampe, m'ouvre la bouche, examine dedans. Toujours du silence. Il approche un petit miroir, je m'y vois transparent. Juste un instant, un instant d'aveuglement. Très court, j'avais encore la couleur orange dans les yeux. Et mon image revient.

« Vous entendez tout… » Je me suis vu. Il a enlevé le miroir. J'ai le visage fade. Il a enlevé le miroir. Je sais que j'ai un visage.

« …risque d'affaiblissement…, …avoir de mauvaises phrases,… l'effet d'un cauchemar… »

Dans la tête, les phrases peuvent tourner mal. Les médecins savent les pensées malades « …des gens sains viendront. Votre femme, les vieilles personnes… vous parleront. »… Ils se relaieront. Muriel toute seule ne pourrait pas. Je voudrais elle tout le temps. Je voudrais qu'elle soit déjà là. « …ce sera moins d'effort. Moins d'effort, nous exagérons. Vous écouterez pour ne pas mourir. Attention, écoutez si vous ne voulez pas mourir… le bruit des autres. » J'aurais voulu elle tout le temps.

Il ne faut pas qu'un blanc s'installe dans ma tête. Toujours en rond dans ma tête. J'aurais pu mourir. Toujours en rond, il n'y avait pas de blanc, mais j'aurais pu mourir. Des phrases comme des cauchemars, on ne dort pas. Les mauvais rêves viennent aussi pendant qu'on veille. La fatigue a fait gonfler mes articulations. Je ne peux plus me lever. Heureusement ! je me jetterais du septième étage. J'ai des tavelures, des jaunissements ; l'origine, on ne sait pas. Les docteurs ne comprennent pas, une inflammation. Muriel dit que ça ne peut pas être une pourriture en dedans. Elle l'espère. Avant je m'occupais d'un groupe de retraités. L'avant-goût de mort me plaisait. Depuis tout petit, les vieux, cette laideur, il y avait un dégoût que j'aimais. Je suis puni.

« Vos vieux vous rendront visite, votre femme, un relais s'établira. Ce sera beau vous verrez. Vos parents. Il faut vous parler tout le temps. Vous risquez sinon de partir en vous endormant. Vous oscillez entre la prostration et la mort. Nous préférons la prostration. »

Muriel avait envie d'un bébé. Ma peau qui luit, qu'on dirait enduite de bave, la lécherait-elle encore ? Elle va venir, je ne pourrai pas poser de question. Dans ma tête, ça tourne. J'ai de mauvaises mains. Ça gâte mon corps. Je suis jeune dedans. Muriel me parlera. Pas toujours d'enfant. Ne pourra pas. Dans la tête on a tant de choses.

Mon père entre. Je ferme les yeux. Ma mère refuse de participer. Lui fait l'effort. Je ferme les yeux. Sa voix, ça ne m'intéresse pas. J'ai mal aux mains. J'écoute, je me force, mon père, ça fait partie des soins. Bientôt Muriel viendra. Je voudrais elle tout le temps. Mon père, j'ai les mains comme des feuilles mortes. Ma bouche tremble, ça passe pour de la fièvre. J'avais rêvé d'une rupture jusqu'à la mort. Il est là, je n'aime pas. Muriel pendant ce temps reste dans le couloir. Cela non plus, je n'aime pas.

Il est là, j'écoute. Ça me repose. On est presque bien quand on se repose. Les mêmes questions me reviennent. Tournent sans sortir. Ne passent pas la ligne des dents. Pourquoi ils ont voulu un enfant ? Pourquoi moi ? Je pense à l'amour chez les vieux. Avec la voix de Muriel j'aurai dans la tête une vie sexuelle jeune. À condition qu'on n'ait pas d'enfant.

De toute façon maintenant… Comme disait mon père « tout cela n'a plus beaucoup d'importance ».

Il entre. Muriel est restée dans le couloir. J'espère, j'espère qu'elle n'est pas sortie de l'hôpital. Qu'elle est restée. Les yeux fermés, j'écoute.

« Vanité des vanités, vanité des vanités, tout est vanité. Au centre-ville, des pans de mur retournent à la poussière… vanité. Tu verrais ces murs… par terre… Parvenu à un stade relativement élevé de l'échelle sociale, quel profit ai-je eu en définitive de tout le travail accompli sous le soleil ? Tu vois, je suis venu te livrer de bien modestes pensées. La poussière, des idées de circonstances. Acquises par l'expérience. Tout étant vanité et poussière, ne t'inquiète pas pour tes mains. Quelques idées. Même si l'ordre n'est pas encore raisonné… »

Ça continue. « Pas encore raisonné », il a tout calculé d'avance. Avant d'entrer son premier mot c'était déjà « vanité ». Il le savait avant d'entrer. Je l'avais envoyé péter. La grande engueulade avec la grande rupture. Des mois de rupture jusqu'à l'hôpital. Sollicité par les médecins, aujourd'hui il revient, pas elle : vanité… Tristesse, épanchements de blessures, homme brisé, usé, qui n'en peut plus. J'écoute pour ne pas dormir. Ne pas me tuer. La stérilité dégoûtait Muriel, la dégoûte encore. Le sang pour rien pendant les règles. Je la comprenais, mais moi je ne voulais pas d'enfant. À mon groupe de vieux j'en parlais. Ça les distrayait. Imaginer une jeune qui saigne encore les faisait rêver. Pour moi de la conversation facile, qui les excitait. À peu de frais. Elle avait envie de féconder. Ça me donnait l'idée d'une vache. Parce qu'elle rêvait d'un petit sur son épaule, sur le ventre, qui pleure. Quelle sale idée j'avais d'elle ! J'espère qu'elle est dans le couloir.

« Ton anniversaire est passé. Un âge s'en va, un autre vient, et la terre subsiste toujours. J'en ai abattu du travail durant toutes ces années. J'en ai vu disparaître des lacunes. Mais la terre subsiste toujours. J'appréhendais le premier jour de ma retraite. Le premier matin me faisait peur. Cela s'est bien passé. C'est après, quand tu m'as rejeté… Sinon cela aurait pu continuer. Comme au début, bien se passer. Quand tu m'as rejeté tout s'est gâté. Je ne voulais plus te voir. Pourtant des réflexions se formaient à ton intention dans ma tête. Ce matin, quand l'hôpital a téléphoné, j'ai regroupé mes idées, j'avais tout noté. Ce matin, à peine levé, j'ai senti le besoin de te les livrer, encore à moitié nu. Malgré notre rupture, j'ai voulu me rendre à l'hôpital, te dire ce qu'il reste à mon âge de la vie, des plaisirs. Encore à moitié nu. L'hôpital m'a téléphoné parce que je suis ton père. Ta mère ne viendra pas. Elle, tu l'as trop blessée. Mon volontariat, ma participation à la chaîne me remplit de joie. J'étais à moitié nu au téléphone, à peine levé quand ils ont téléphoné. Justement j'aspire à la nudité. Devant toi. Preuve à moi-même de ma loyauté, même nu, un symbole dès le premier matin… Je suis venu. »

Je l'écoute pour vivre. Mais les yeux fermés. Il dit : « Vanité des vanités, tout est vanité. » Trois fois. Trois séquences. Il crée un balancement. Bien dans sa manière. Un enfant, pour moi c'est une poussière grise. Muriel rêvait du contraire : la chair violette, rosée dans ses mains pleines de talc. Une envie de vache. Moi j'appelais ça une envie de vache. De vache en chaleur. Sous l'emprise du désir d'un veau.

« Mes déceptions de père, vanité. Un âge s'en va, un autre vient, et la terre subsiste toujours. C'est tout. Subsiste. »

Il alterne phrases courtes et phrases longues. Muriel ne supportait plus ses règles. Elle ne l'avouait pas franchement. Mais refusait de se protéger. Le sang coulait sur le sol de l'appartement. J'essuyais derrière. Elle jouait de son désir frustré. À la fin ça ne m'excitait plus. D'ailleurs à la fin je ne jouissais plus. Elle, prenant ostensiblement sa pilule : « Un galet dans un vagin de chamelle. » Dans le désert, pour éviter les ennuis.

« Le vent tourne, tourne et s'en va, et le vent reprend ses tours… »

Des clichés, des banalités, c'est lui. Et sur un ton !
J'aurais voulu un autre père. J'ai lui. Il aurait dû
rester célibataire ou se faire curé ou se la couper.
J'aurais préféré un autre père. Ou rien. J'aurais peut-
être préféré rien. Le jour de la grande engueulade, il
pleurait. J'aurais dû lui dire : T'es pire que rien. Tout
ce que je peux faire maintenant : fermer les yeux. Sa
voix de fillette.

« Vanité des vanités, tout est vanité. Même l'en-
fantement, même cette joie. Quand je pense à toi et
moi, je redis : vanité. Je t'ai dit quand tu nous a rejetés : Ne m'abandonne pas ! Or, tous les mots sont
usés, on ne peut plus les dire, l'œil ne se contente pas
de ce qu'il voit, et l'oreille ne se remplit pas de ce
qu'elle entend. »

L'infirmière le chasse. Elle refuse de piquer ma
veine devant lui. Même si je ne me rends pas
compte. Que dans mon état la pudeur… Je me
rends très bien compte. Il sort. J'ouvre les yeux. Les
fleurs de Muriel dans un vase. La télé. L'armoire.
Maryse ne sait plus où piquer. Elle charcute la veine.
Dans mes mains, l'inflammation, sous l'effet de la
fièvre, redouble. Je ne m'endors pas, j'ai si mal. Je
voudrais Muriel. Comment faire comprendre à
Maryse : Muriel.

« Laissez-vous faire. Vous n'allez pas en mourir.
On ne sait plus où vous piquer. Trop d'hématomes.

Ça y est. Voyez, vous n'êtes pas mort. Ça va vous soulager. On vous attend dans le couloir. Des vieilles personnes. Ces vieilles personnes dont vous vous occupiez. »

Mes vieux prennent le relais. Ça soulage Muriel. Je voudrais elle tout le temps. Est-ce qu'elle attend dans le couloir ?... a-t-elle quitté l'hôpital ? Elle a très bien pu aller se promener. À la plage. Ou : elle attend son tour dans le couloir. Dans la salle des visiteurs. Cherche ce qu'elle dira tout à l'heure. Je la voudrais tout le temps dans le couloir. Mes vieux s'installent sur des chaises. C'est leur tour, ils ne le passeraient pas. J'ouvre les yeux. Fixe leurs trois visages. Rassemble mes restes de vie. Donne à mon être un aspect vivant. J'espère. Vivant, au moins avoir l'air. Prostré le moins possible. Le moins possible mort. J'espère. Devant eux je me fais le plus jeune possible. J'exerce mes doigts, bouge mes bras. Malade mais jeune, moi. J'essaye des gestes et des mouvements de pupille.

« Votre père attend seul dans le couloir, l'air hagard. Vous le verriez... il vous aimait. Nous savoir

25

là le repose. Une aide-soignante le rassure. À voix basse, parle de votre régression. Le coup est rude. Pour lui, drôle de retraite. Nous sommes là, nous commençons tout de suite. Vous vous doutez que nous sommes tributaires des bus. Nous commençons. Nous allons vous parler de notre petite vie. Qu'est-ce qu'on a d'autre ? »

Dans le couloir j'entends des murmures de voix. Qui restent sourds. Ne passent pas le mur. L'aide-soignante rassure mon père, j'entends mal les plaintes. J'entends un vague murmure, couvert par la voix des vieux.

« … Le septième marathon de Nice s'est couru hier, dix et vingt-cinq kilomètres, dans une atmosphère lourde. Étouffante, presque tropicale. Sept cents athlètes au départ de chaque course. Un petit orage entre onze heures et onze heures quinze, le seul de l'été. Quelques personnes âgées. Quelques handicapés des jambes — dont Patrick Segal — ont concouru, et un aveugle. Voyez, l'espoir… Voilà de quoi occuper son temps mais aussi son esprit. De quoi réfléchir, l'espoir. Malheureusement, si la foule se pressait à l'arrivée et au départ de la course, les rues sur le parcours étaient presque vides. Au profit de la plage. Où chacun ressemble à une larve… »

Ses règles artificielles, elle y voit le sang de son enfant mort qui coule. À la fin, ça tournait à l'obsession. Pour moi c'était une malade. Les vieux se passent la parole. Le bonheur se lit sur leur visage. Le plaisir des mots, de l'un à l'autre, pour mon bien. Parfois ils se coupent. Ne laissant pas un seul blanc. Le murmure du couloir se rapproche, la voix de l'aide-soignante. Les vieux couvrent le sens des mots. Celui qui parle concentre les regards. À l'affût d'un blanc,… je ne risque rien. Ils prennent la chose au sérieux. Les vieux yeux sans vrai regard vont vers celui qui parle. J'écoute mais baisse les yeux. Je fixe l'intérieur de mes mains. Les lignes s'entrecroisent par-dessus mes veines bleues. La chance, la mort, le cœur. Etc., indénombrables. Sais-je encore compter ? Oui, je sais, j'y arrive. Ma main ratissée. Une vieille planche. Avec l'une je caresse l'autre. J'ai dedans des gifles pour ma mère. La caresse calme la douleur dans l'instant du toucher. Des gifles froides. La vieille putasse. J'ai les lèvres bleues comme des veines, et collées.

« Le marathon d'hier ramène notre conscience vers les vrais enjeux. Autour de nous tout se délite… »

Si j'avais le choix, je ne les écouterais pas. Des mots du couloir traversent le mur, les voix : « fils » bien sûr, « difficile ».

« … La misère gagne le monde. Tout se détériore. Patrick Segal et ses pareils n'en ont cure. Quelles que soient les embûches, ils courent. Vu notre âge, nous sommes un peu votre Conseil des Sages. Il nous appartient, même ici, même dans cette chambre, de vous signaler la dérive de vos contemporains vers de trop pauvres défis. Et de distinguer, par ailleurs, la droite ligne… Il y a trois ans, Albertini, un ancien employé de votre père, que vous avez dû connaître, était au départ du vingt-cinq kilomètres. Aujourd'hui qu'il est frappé par l'hémiplégie sa femme va avec d'autres. J'en ai les larmes aux yeux. Heureusement deux belles jeunes filles sont nées du couple avant la maladie. L'acte sexuel a couronné l'union à temps. »

Le vieux a les larmes aux yeux. Moi je ne coule plus. Sur « sexuel » il trébuche, son x à l'oreille on dirait deux s. Le sang me revient aux lèvres. J'essaye de faire un sourire. N'ai pas l'impression qu'il passe. Le sang me revient aux mains. Je pense à l'endroit d'où Muriel tire le sien. La voix de mon père dans le couloir monte, franchit la porte sur certains mots, troisième fois que j'entends « rupture ». Son goût du balancement, trois fois, vanité. La liste, c'était un souffle mort. Les mots de la liste lâchaient dans ma tête un souffle aride, mes idées se figeaient. Les cadeaux avec les numéros, j'aurais pu mourir. « Le meilleur pour toi », j'aurais pu mourir. « Vanité », « rupture » mille fois s'il le fallait. Derrière le mur.

Et j'écoute les vieux, j'écoute les vieux. Ma mère ne vient pas. Elle, j'avais le dégoût de son haleine. Quand je la voyais, qu'elle approchait. Je ne peux pas bien définir. Disons un fruit pourri, une figue avec des vers, une poire blette. Une fois, on s'est trouvé dans le même lit, comme un con j'avais la trique. J'avais dans les douze ans. La trique, avec la gueule qu'elle a… Ça ne m'arrivera pas deux fois. Dans mes rêveries, ç'a toujours été une belle fille blonde, dans un bois, j'étais invisible et le vent la déshabillait. Ça durait des heures avec cette fille, dans le silence. J'avais douze, treize ans, et là, le liquide partait. J'en ai tué des enfants dans l'air libre, avec ma main. Avant l'hôpital, la nuit, je rêvais que des sangliers faisaient cercle autour de moi, les femelles me pissaient dessus. Au réveil, je le racontais dans les bras de Muriel. Elle : « Et tu voudrais que je te laisse mon vagin à portée de main ? » Elle rêvait d'autres mains. Mon père a dit « fou », aussitôt couvert par les vieux qui continuent. Qui disent :

« La jouissance véritable se trouve dans un miroir sans tache. Nous le savons, nous, au seuil de la mort. Ces hommes qui courent sans jambes, là est la réelle prouesse. Dans l'œil mort de l'aveugle, dans le fauteuil du paralytique, certainement pas au-dessous de la ceinture. »

Je tends complètement mes doigts. Les deux hommes, la femme, je pose les yeux de l'un à l'autre. J'approche d'elle ma main. Mon effort les émeut, un silence s'installe, le blanc dure. Ils se reprennent, elle parle, avance son visage rance. Muriel menaçait d'arrêter la pilule. Laisser passer le cycle et arrêter. Elle sentait un bébé dans son ventre, un véritable enfant existant déjà. Elle le prétendait avant même une quelconque conception. Muriel à ventre ouvert sans pilule, j'aurais interrompu l'acte. Je n'avais pas envie de semer. À tout vent, de la poussière grise. Les cris d'enfant, c'est que de la poussière grise. La bouche de ma vieille prononce toute sorte de mots, ne couvre plus la voix du couloir. Elle sent la poudre. J'oublie l'enfant de Muriel pris dans le sang. Cette noyade rouge imaginaire, dans des inondations artificielles à cause de moi, a reflué. Ma vieille a broyé l'image dans son dentier. Ma main arrive à sa joue. Elle me raconte son dimanche, tout émue et même émoustillée, elle sue. Elle, désormais sèche. Sèche avec ou sans galet dans le con. J'ai une bouffée de tendresse pour elle, cette vieille. J'oublie les rides à son cou. Sous la perruque bouclée je caresse la nuque. Trempée. Mais son dimanche, elle continue ; pour me sauver la vie contrôle ses sens :

« … En dehors de la sortie pédestre, le dimanche offre d'autres occupations. Après la promenade, sur le conseil de ma petite fille, je suis allée voir *Sailor et Lula.* Elle m'avait dit "un film avec la fille d'Ingrid Bergman". J'avais besoin de me détendre. Il y a certes de bons moments, de bons gags, mais tout n'est pas de la même veine. Comme toujours d'ailleurs dans les films dont l'objectif est de faire rire, les traits manquent la cible… Un seul vrai moment drôle : la main dans la gueule du chien. »

La bouffée de tendresse passée, j'ai retiré ma main, un peu écœuré. Ma main sur cette nuque. Maryse me la rincera.

« … Mais rire à notre âge, est-ce bien facile ? Si nos visages sont fripés ce n'est pas dû aux crises de rire. C'est dû… aux froncements dans la constipation… »

Ils rient car des propos comme ça, c'est rare dans une bouche de femme. Je pense : Lui caresser la nuque pendant. Elle chie, et moi j'ai la main dessus. Les hommes de mon âge n'ont pas des pensées comme celle-là. Même dans mon état, en pleine fièvre.

« … À part cela, je suis dans une période classique. Cette semaine j'ai attaqué Racine. Je le découvre ou le redécouvre. Quelle classe ! Après *Hernani* et *Ruy Blas,* lus le week-end dernier, quelle différence ! »

Cette fois elle sèche. Il y a la voix de mon père dans le couloir. Pas celle de Muriel. Pourquoi reste-t-il dans ce couloir et pas elle ? Alors que Muriel, ça va être son tour. L'un des vieux sort la carte des bus et lit à haute voix les horaires, les stations. La vieille femme se fâche : « Ça ne l'intéresse pas. » Il s'arrête : « Il y a des bruits de voix dans le couloir, écoutez… Nous allons pouvoir y aller. »

C'est le tour de Muriel. Pourtant, j'entends seulement la voix de mon père. De plus en plus proche. L'aide-soignante, on ne l'entend presque plus, elle ponctue. La voix de mon père tout le temps. Par pression d'un doigt j'allume la télévision, j'attends Muriel. J'allume en attendant, en roue de secours. L'antenne est mauvaise, l'écran saute. Je ferme les yeux, happé par les sons.

« Après qu'il nous avait rejetés ma femme et moi, je ne savais plus quoi dire… »

Par moments, mon vieux con couvre la voix de la télévision. Muriel laisse passer l'heure, c'est du crime.

« Je ne lui téléphonais plus… L'affaire Brando tourne au fait divers. Son fils Christian, en prison, pour le meurtre de l'amant de sa sœur. Une demi-sœur. J'avais peur des réponses narquoises. Quand les médecins ont parlé de prostration… La demi-sœur, Cheyenne, enceinte de quatre mois, à l'heure du crime… J'ai décidé de venir un matin, j'ai téléphoné en pyjama. La nuit. Des enfants de plusieurs lits… »

Des coucheries. Les enfants s'aiment dans la même famille. La petite Brando vomit du sang. À cause d'une saloperie de grossesse. Christian a tué le futur père, pris de pitié. Heureusement que j'ai la télé.

« Tribunal de Los Angeles, le vieux couple sort uni… C'est quand même mon fils. Il faut sans cesse lui parler. Ce retard,… dès le début, cette femme. Un couple de rêve, Tarita, rencontrée à Tahiti. Après tant d'insultes… Combien mon discours était banal. Sur le tournage des *Révoltés du Bounty*. Inscrit alors dans la chaîne des volontaires… mes réflexions… en tant que père… utiles aussi à moi-même… plaidera la thèse de l'accident… quand même mon fils… »

Je voulais épargner à Muriel de ne plus être belle. Je ferme les yeux : Tarita, des colliers de fleurs. La plage. Je m'épuise. J'ai les mains comme des flammes. La télé n'est qu'une roue de secours. L'inflammation, du bout des doigts aux poignets, me porte au cœur. J'entends : « horreur du téléphone ». Le faux-cul. Je voyais à l'expression de ma mère qu'il n'avait rien dans le pantalon. « Le bébé est né en

33

prison, un an de moins que Ninna, la propre fille de l'acteur et d'une domestique. » J'imagine les problèmes pour éviter l'inceste dans vingt ans. Il achetait *Lui,* ma mère avait des sourires… disait : « Oh, oh, tu peux dire… » et elle éclatait de rire. La télé n'est qu'une roue de secours. Passé quelques minutes, n'agit plus. Les médecins ont dit : votre femme vous parlera. Elle a du retard, un crime. Elle se cherche un mec. Dans son cul je suis déjà mort. À la plage avec un mec. « Quel mépris il avait mis dans le ton, quelle dureté ! Fait divers, le cauchemar, mais… la dignité. Cheyenne dans le coma. Je lui aurais souhaité de connaître les joies de la paternité — oh il en aurait eu aussi les angoisses ! » La mauvaise antenne détraque le son, il faiblit, j'entends « autre drame ». Je veux Muriel. L'imagine sur la plage. Elle avait promis de m'attendre. À ma mort d'être là. « Devant ces épreuves ma femme et moi faisons front commun. » Après l'engueulade, plus un signe de vie. Considérant que c'était à moi… La putasse vexée, mon père rampe comme de l'huile, sous elle. L'aide-soignante trouve que c'est admirable, « front commun quand tant de couples volent en éclats à la première difficulté ». La prochaine fois qu'elle approche celle-là, je la mords. À l'heure du repas, le plateau dans les bras, je la mords. Même sourire je ne peux pas, mordre, je suis fou.

Les fesses de Muriel, la salope à la plage ; la télévision n'agit plus.

« Ce n'est pas ainsi que se passent habituellement les relations entre parents et enfants. Dans sa chambre pleine de fleurs, mon fils ferme les yeux, j'ai le devoir de lui parler. Prostré, il me fait de la peine. À la maison, le soir, j'accumule des propos pour le lendemain. Ma femme me donne son accord. Le lendemain… »

L'aide-soignante entre dans ma chambre. Éteint la télévision qui peut faire effet contraire après quelque temps. Après, le son endort. Elle place le thermomètre sous mon aisselle. Sait qu'on ne peut sans risque remplacer Muriel. Sans une énorme déception. Par un indifférent ou un clochard pris dans la rue, payé pour parler. Muriel et les parents priment. Surtout Muriel. Le patient attend telle ou telle voix, la déception est mauvaise. Parfois les médecins préfèrent deux minutes de silence. Elle a tellement de retard… l'aide-soignante engage mon père à improviser.

« Je n'ai pas préparé. Comment voulez-vous ? Et je n'ai pas l'accord de ma femme. Ce n'est pas honnête, je ne peux pas. D'ailleurs je ne saurais pas. » L'aide-soignante : « Allez-y, allez vite, la télé n'agit plus, parlez comme avec moi, allez-y, l'essentiel est de bien articuler les mots. Le sens… tant pis. Allez-y… »

Il tremble, se lance en tremblant. Je ferme les yeux.

« … Je suis malhabile avec les mots… Tu trouves mon expression plate et ma dialectique pauvre. Mais ces carences sont… il me semble, compensées… par mes élans du cœur et mes mouvements d'âme. Ainsi que ceux de ta mère. Ces mouvements, d'ailleurs, ne sont pas purement intériorisés. Des manifestations concrètes avec finances à l'appui ont souvent témoigné de l'authenticité de nos sentiments. »

Il tremble, on dirait que c'est lui le malade. Qu'on lui mette le thermomètre dans le cul, il a la fièvre. Au couplet sur le chagrin, la souffrance, les blessures, la sueur perle à son front. Un peu plus… les dents s'entrechoqueront, je ne comprendrai plus, un peu plus… il avale les mots, me tue, dans ses dents à moitié déchaussées. Vieux con, un effort, parle, vieux con, je ne comprends plus tes mots. Il pleure maintenant, sanglote. Se reprend.

« La fête des pères, la boîte aux lettres vide ce jour-là, peut-on dire qu'il me reste un fils ? (Il pleure toujours mais je comprends les mots.) Je ne cherche pas à t'apitoyer sur mon sort. Seulement à te faire comprendre à quel point tu m'as blessé, physiquement blessé. J'ai dû, après tes insultes, passer un premier examen médical, pas très réjouissant, j'en attends un second, encore moins réjouissant : avec anesthésie. Si je n'en reviens pas, souviens-toi de ton... »

Muriel, les talons de Muriel, l'ascenseur c'était Muriel le bruit de l'ascenseur. Ces talons-là, c'est Muriel. J'ai du silence dans la bouche mais : Muriel. Vieux con, tais-toi vieux con, elle arrive. Tu entends les talons ? Elle est juste là. Va-t'en. Dans une seconde. Sa bouche rouge.

« Je suis allongée dans notre lit, près de toi. Dans ma tête, notre ancien lit est un lit d'hôpital. Tu vois : moi, je suis allongée dans un lit d'hôpital à côté d'un vieux. Un de tes vieux, le vieux Roger, disons le vieux Roger. Près de lui, avant une opération. Ce vieux, il y en a de pires. Ce sera un moment, dans un lit d'hôpital. De toute façon, ça ne peut pas être agréable. Il paraît qu'au seuil de la mort, le sperme est meilleur. Réputé, très réputé le sperme des vieux, pour l'ovule. J'aurais préféré toi. Je prends un vieux parce que tu sors du liquide mort. Avant une opération. Ce sera très bien. Dans un moment de solitude la nuit. »

Elle est là. Je bois. Elle a des rêveries rances, en a toujours eu. Son bébé l'obsède. Moi, l'enfant de Muriel, j'aurais eu trop peur d'un baiser de ma mère sur lui. Le vieux corps de ma mère se réchauffant au contact du jeune. J'aurais préféré mourir. Muriel, je bois.

« Pendant le sommeil du voisin de lit. En silence. Tu refuses d'être père. J'ai des vomissements. Tu refuses comme tous les hommes. Je me débrouille autrement. Dans un lit d'hôpital, avant l'agonie, avec un vieux, je m'en fiche. Pour être sûr, on le fera deux fois. Les hommes, mon sexe, ils veulent être les seuls à y passer. Physiquement jaloux du petit qui est là chez lui. Amant ou rien, amant sec. Tu jouais le même jeu. Je suppose que c'est mon destin. »

Elle y revient, je laisse, bois à sa bouche.

« …un vieux malade avant agonie. Un ancien con à la retraite. Mon enfant, ça lui fera un nouveau fils. Moi, il y a pire à baiser. J'ai tout calculé, je pense que ça va marcher. En période d'ovulation, ça marche si on veut vraiment. Le rôle de la volonté dans toutes ces questions. Tu ne veux pas, tant pis. Le désir pur passe après. Le désir pour un vieux d'hôpital, ce sera peut-être un peu dur, la queue ridée, lui faire feuille de rose pour l'exciter, j'ai la volonté.

« Il n'avait pas espéré cela. Dans ses rêves les plus fous. Dans le lit, il n'en revient pas. Pour moi le plus dur c'est les cheveux blancs au bas du crâne. En petites touffes inégales. Je ferme les yeux. Pour feuille de rose et branlette, je pense : casse ton destin, et j'y arrive. J'ai cru qu'il allait me crever dans le con, une telle furie. On se rend service l'un à l'autre.

39

Il ne croyait plus connaître un tel bonheur. Surtout pas à l'hôpital. Il ne finissait pas de rire. Ses yeux bleus, comme à huit ans. C'est beau un vieux qui vit un bon moment. Je garde en moi le liquide séminal, je ne lave pas. Même du séché je ne veux rien perdre. Après l'acte il veut jouer avec mes seins, je le laisse. Ç'aurait été ingrat d'arrêter là. J'espère que ça a marché car il n'y aura pas de deuxième fois. »

Je n'ai plus le souvenir de ses caresses. Elle voulait un bébé, frais sorti d'elle. Pour se chauffer. La vieille putasse aussi aurait voulu s'y chauffer. J'avais peur pour lui des poils aux joues de ma mère. Elle a besoin de chaud cette vieille. Un bébé, elle lui aurait collé après. Des poils collés sur le petit. Avec mon père ça ne marche plus. À leur âge, la chaleur ne passe plus. Du froid au froid, la vie ne passe pas. Dans l'intérêt du petit je ne voulais pas qu'il existe. Je ne regrette pas. Depuis l'engueulade, mon père a dû se remettre à la baise. Dans leur baise sénile, le sperme dans le vide, je retourne à la poussière. Les galipettes avaient cessé. Après l'engueulade, pour se désénerver, elle s'est mise à réclamer.

« Le matin, on fait au vieux une piqûre. Je reste couchée, très fatiguée. Avec les vieux faut tout faire. C'était pour casser mon destin. Donner la vie. Perpétuer l'énergie. Grâce à moi. Quelles que soient les résistances. Donner la vie. Maintenant je vais m'allonger près de toi. Pleine du liquide frais, je pense à mon bébé. Comme dégoût, je m'attendais à pire. Il reste quand même des images. La peau toute plissée qu'on froisse et défroisse. Suivant les mouvements. Et le pire : l'odeur. Quand on dit "ça sent le vieux", c'est vrai. Sur mon bébé ça ne sentira pas j'espère. »

Elle s'allonge près de moi. Une toute petite place, dans mon lit, qui reste à côté de moi. Elle sort à haute voix les images de sa tête. Ses membres s'alourdissent. Comme enceinte.

« Ma langue se décontracte. Après les efforts, mes lèvres s'entrouvrent. Ma jambe heurte à côté de moi celle maigre d'un corps à côté de moi. Une jambe en bois mort. À mon insu dans ma tête se forment des images. Une jambe maigre en bois mort. Une jambe comme une brindille sèche : Je repense au vieux sexe, j'aurais voulu toi… »

Muriel hurle. Repenser au vieux sexe la fait hurler. Un grand cri. Je pose une main sur elle. Elle a toujours eu des angoisses, des cris. Même dans ses rêveries. Ou avant le sommeil. Avant je ceinturais sa taille. Là, je pose mes mains malades sur son ventre. Le bois en jambe morte, c'était moi ; on est deux petits enfants dans la forêt, Muriel avec moi, au milieu de tous les petits animaux des bois.

Maryse la trouve dans mon lit, la sort. On fait venir Rachid, un homme de ménage, toujours libre.

Un volontaire pour les cas de défaillance. Muriel a une défaillance, il parle. J'ai encore le cri de Muriel, un trésor. Dans ma tête, un trésor. Allongée près de moi. En pensée je lui ai dit des paroles pour la calmer. Tous les deux dans la forêt. On aurait pu s'endormir. Sous des arbres. Sans Maryse, on s'endormait comme des enfants.

« Maryse s'occupe de votre femme. Elle a tort de ne rien préparer votre femme. Tous les autres volontaires se préparent. Elle refuse. Dit qu'elle trouvera toujours. Qu'elle a toujours dans la tête des choses. Moi, je vais vous raconter une histoire qui est arrivée hier à ma mère. Cette histoire me révolte. Ma mère est une belle femme de quarante-cinq ans. Elle a toujours eu de très mauvais yeux. Vous m'écoutez ? Moi, cette histoire me bouleverse. Pour une femme c'est important la beauté. Même dans les milieux modestes. Elle a choisi chez l'opticien de nouvelles lunettes, un peu chères. Mais moi, je les lui aurais payées. Elle est rentrée à la maison inondée de joie. De sa vie, elle n'avait porté d'aussi belles lunettes. Les branches sont roses et blanches façon marbre. Quand elle a dit le prix — cinq cents francs — mon père est entré dans une colère… avec des insultes… il l'a battue, l'a traitée de folle. Mon père, un homme avec un énorme ventre, toujours torse nu. Mais moi, je lui paye à ma mère si elle veut ! Il a rapporté les lunettes à l'opticien en disant qu'elles n'étaient pas en or ses lunettes. »

Dire qu'à douze ans, ma mère, j'ai eu la trique pour elle. On était dans le même lit. Chez de la famille. Il n'y avait qu'un lit. Elle n'a jamais su que j'avais eu la trique j'espère. Mon père la désénerve et se finit après dans la salle de bains. Comme Muriel et moi vers la fin. Au bord des nerfs on décharge chacun pour soi. Et on s'essuie. Pas Muriel. Elle espérait toujours qu'une graine maligne trouverait son chemin malgré la pilule. Quand elle disait ce mot-là « pilule », c'était dans sa bouche comme pisse, pue, pierre, pine. Je lui disais : « Arrête-la, je ferai attention. » Elle préférait compter sur une défaillance de la pilule, la mauvaise pierre. Ostensiblement, l'avaler chaque soir, avoir comme envie de vomir et se retenir. Chaque soir la pierre tombait dans son estomac.

« Au bout du couloir un bébé tout jaune m'a tendu les bras comme à une mère. Un bébé tellement malade qu'il reste là toute l'année. Des bras tout jaunes et tout couturés. Comme si j'étais sa mère. Il me tendait les bras, ça m'a fait horreur. Ça m'a fait un étranglement dans la gorge. Vite je suis partie. Les parents l'ont abandonné parce qu'à la naissance il était malformé. Les infirmières s'indignent qu'ils ne téléphonent pas. Mais voir un enfant comme ça sortir de soi… moi non plus je ne téléphonerais pas… J'ai peur. J'ai peur, je revois tout d'un coup le visage de ta mère, avec les poils aux joues. J'imagine un visage comme ça sortir. À la naissance je le gifle. »

Muriel, rouge comme mes mains, se fait des peurs. Ici c'est malsain. L'atmosphère de maladie la contamine. Je cache mes mains. L'inflammation avance, la ligne rouge va vers les avant-bras. Une ligne rouge comme la couture d'un gant, la peau comme si je m'étais gratté. Mais ça vient de l'intérieur à partir des doigts. La route s'arrête au coude… pour l'instant. Sous les draps je me caresse les mains. Elles vieillissent à la seconde. Mais le temps du toucher une main apaise l'autre.

« Les enfants mort-nés ne sont pas morts. Mort-né c'est ce qu'on dit à la mère du monstre. Quand on dit à la mère "Madame, votre enfant est mort-né", tu peux être sûr qu'elle a couvé un monstre. Un être abject avec deux têtes ou deux corps. Le mien, avec du poil aux joues, je le gifle. Les sages-femmes dissimulent les monstres. On les enferme après, tous ensemble. »

Avant, je la raisonnais. Chaque fois qu'elle avait ces peurs-là. Je disais non, ça arrive à une femme sur des milliers. Elle voyait un bébé couvert de poils, même sur les joues, les bras, le ventre. Un bébé qu'elle n'aurait jamais pu toucher. La même répulsion qu'avec un rat. Je cache mes mains, porte mes yeux vers elle, j'avance mon corps plus près de sa chaise, en rampant, j'essaye, je rampe. Elle s'assied au bas de mon lit. Tout près de mes pieds. Alors je rapproche mon pied maigre de sa fesse.

« Quoi ? Ton pied dans la chair de mes fesses… pourquoi pas ta queue tant que tu y es ? La prochaine fois je t'apporte un miroir, tu verras. Je viens ici par pure compassion, moi. Et avec certains souvenirs. Ta queue de maintenant, c'est pour pisser, tu le sais. Pour le reste il te faut un bassin dessous. Maryse, c'est une sainte. Moi, tu me vois, là, tu me vois ? j'ai le souvenir d'une autre queue. Tu fais bien de cacher tes mains. »

Muriel se lève, elle me gifle. Elle se rassied, se relève et me regifle. J'aurais voulu pour elle une vie en pleine campagne. Avec des bois tout près. Un air frais, et lui tenir la main. Tout a dégénéré. De tout ce que j'avais espéré, rien… même la forêt. On aurait pu rester dans une maison. Jusqu'à la mort. Muriel se relève, et là, comme avant dans les premiers jours, elle me fait sur la joue une grande caresse. De l'oreille à la bouche, sur toute la joue, toute la surface. Et elle me sourit comme si c'était moi avant.

« Tu verras, un jour je viendrai et je me glisserai dans ton lit. Vaincrai mon dégoût. Fermerai les yeux. Tu verras, la nuit. J'essayerai de te grimper. Comme avant tu verras. Tu crieras, un début de parole, de joie, tu verras. On aura peut-être un enfant. J'aurais trop peur d'un monstre. Si, un jour, on le refait, j'aurais trop peur que, dans ton état, on engendre un monstre. Il faut que je trouve cette salle. La salle aux monstres. Il y en a dans tous les hôpitaux. Dans tous les hôpitaux, des bébés en instance. Que la mère croit morts, on lui a dit mort pour ne pas l'effrayer. Elles attrapent des maladies pendant la grossesse qui donnent des monstres. Des maladies non soignées. Résultat : des monstres. »

Elle essayera de le refaire. Au sexe j'ai des cloques avec des humeurs. Des gouttelettes de pus. Un pus contagieux. Mais ma grave maladie est aux mains. Les gouttelettes disparaîtront. On attendra leur disparition complète. Pour moi sinon la douleur serait intolérable. Et l'enfant aurait du pus à la place du sang. Ça va disparaître. Elle pourra me grimper. Il restera l'ennui des diarrhées. Faire sous moi pendant qu'elle est dessus… non, il faudrait que ça tombe un jour où je contrôle bien mes sphincters. Il y a des jours où je les contrôle, je demande à Maryse le bassin et je fais. Il faudrait que Muriel se décide un jour comme ça, où je me contrôle. Ça la dégoûtera moins. Elle qui aimait tant faire feuille de rose. Elle passe dans la salle de bains. J'entends des bruits de fer.

« Ne t'endors pas, j'arrive, attends, je suis là, j'arrive, patience, je suis là, tu entends, je te parle… »

Elle sort de la salle de bains avec le grand miroir mural, descellé. Le pose à côté du lit, veut que je me vois. C'est exactement mon visage d'avant. Sauf un air fixe ; pas mort, fixe, une raideur, l'impossibilité de sourire. J'ai les cheveux trop longs. Sans l'expression fixe, je ne serais pas mal. D'ailleurs Maryse a certains gestes.

« Voilà ce que je vois. Je vais partir. Trop long-temps c'est impossible. Parler tout le temps, et toi en face comme un vieux mort. Par moments, je préfé-rerais la salle des monstres. Il paraît qu'ils ont un bébé avec un corps normal et une très grosse tête. Je rentre dans notre maison. Tu te rappelles notre maison. Sur les collines, à droite après l'hôpital. Je reviendrai. Là je rentre, il faut que je me couche, j'ai besoin de dormir. Je pars mais n'aie pas peur. Il y a toujours quelqu'un. »

« Ta mère, depuis les insultes, te préférerait mort. Pour elle tu es un monstre. Un fils comme toi, elle aurait préféré ne jamais le porter. Moi, je n'oublie pas que le plus beau jour de ma vie, je te le dois. Car il y a eu dans ma vie un beau jour. Un jour qui marque dans la vie d'un être et qui marque sa vie. Je te le dois. Sache-le car j'entre en clinique. Pour un examen sous anesthésie, un examen bénin, mais sache-le bien. »

Muriel m'a embrassé à côté de la bouche. J'aurais voulu dessus. J'ai les lèvres bleues mais bien saines. Elle ne courait pas de danger. Elle aurait pu lécher tout mon visage. Ou seulement la bouche. J'aurais été content. J'ai perdu le contrôle du sourire. Mais je sens toutes les caresses de peau et tous les contacts humides. Muriel dort en ce moment, dans notre lit. La clairière dans notre bois.

« Ce jour-là, nous avions sablé — ou sabré — le champagne avec Morel, à ta santé et à tes futurs succès. Il y avait Morel et toute l'équipe de direction. Tous me félicitaient. En ton honneur. Car c'est toi qui avais passé le concours. De ton honneur, quelques gouttes retombaient sur moi. Comme de l'or, comme jamais pour mes propres succès. Ce fut le plus beau jour de ma vie. Je me disais : je suis son créateur. Je me disais : c'est mon œuvre. J'étais fier. L'as-tu jamais été de moi ? Je me suis posé cette question à mon réveil, ce matin. Si la réponse était non… je me suis dit : comment faire ? Et j'ai repensé au discours de Morel. Un discours de louanges, prononcé à l'occasion de ma retraite. Je ne viens pas là faire mes propres éloges. Mais cet homme, un administratif de valeur moyenne, avait compris ce que modestement je valais. Dans ces temps tourmentés, j'ai pensé qu'une tierce personne pouvait intercéder auprès de toi. C'est un discours de trois pages, j'en extrais quelques phrases. »

Petit, j'inventais des filles blondes avant de m'endormir. J'étais du vent, invisible, je les déshabillais d'un souffle dans une forêt. Je les suivais chez elles. Et là, devant des miroirs, elles se faisaient des caresses au corps. Je regardais. Le matin, j'avais des rivières dans le lit. Étrangère à tout cela, ma mère, de rage, changeait les draps. Gênée par l'odeur. Elle disait : « Je ne supporte pas des draps dans cet état, pas chez moi. » Parce qu'elle s'y sentait étrangère.

Moi, j'avais des filles blondes dans la tête. Maintenant une brune, et du pus dans des cloques. Je ferme les yeux. La voix de mon père est une vive douleur.

« Vous avez défini un programme d'action, une ligne de conduite, vous n'en avez pas dévié. Malgré les obstacles et quelquefois les embûches… Vous n'avez pas eu le goût du pouvoir — c'est lui qui parle, Morel — … Vous avez su garder le contact avec la réalité… relations vraies entre les hommes, ne vous bornant pas… »

En fait, les responsabilités lui montaient à la tête et il n'avait plus de cœur.

« …des lauriers qui auraient risqué de vite se faner. Vous avez, je crois, appréhendé vos fonctions… en sorte que personne ne soit surpris ni laissé sur le bord du chemin. »

Avant, on passait de bons moments dans des sous-bois. Ma mère restait dans la voiture à cause des ronces. Nous, on s'enfonçait au milieu des arbres. On trouvait toujours des chemins. On aurait pu être bien. Il n'a plus de cœur, il n'a rien dans le slip, que le con de ma mère. Même dans son cœur c'est seulement le con de ma mère, un cœur plein de poils et qui sent plus très bon.

« Vous avez toujours considéré qu'un organisme comme le nôtre…, participant à un grand service public, indispensable à la vie des Français, devait se maintenir en mouvement, car non seulement qui n'avance pas recule, mais surtout… »

Un bruit de talons sec résonne dans le couloir. Avance vers ma chambre. Ma mère. Ma mère dit avec sa voix de désert :

« Je félicite les morts qui sont morts plutôt que les vivants encore en vie, et plus encore… »

Je croyais ne plus jamais la voir. J'aurais voulu.

« J'allais y venir, j'y venais. Je faisais juste un petit préambule. Regarde, j'ai les papiers, tout ce qu'on a préparé… »

« Tu lis à ton fils le discours de Morel. Ce pauvre Morel, que tu méprises. Ce n'est pas cela qu'on avait prévu. »

Elle dit que je suis un monstre, mais quel dévouement dans leurs préparations !… Elle prend mon père les mains sous les couvertures. Il n'a pas agi comme prévu. Elle vient fourrer son nez.

« On avait prévu : Plus encore que les morts je félicite ceux qui ne sont jamais nés. Il faut qu'il entende des choses comme ça. Il va mourir. Dis-lui qu'on regrette. Qu'on n'aurait pas dû lui donner la vie. Ton père et moi, on félicite ceux qui ne sont jamais nés. Parce qu'ils n'ont pas vu l'œuvre mauvaise qui se pratique sous le soleil. Tu me suis ? »

Elle a craqué la vieille. Elle avait juré qu'elle ne viendrait plus. J'ai raté son entrée je fermais les yeux. Mais au bruit des talons j'ai tout de suite deviné. Après, sa voix crasseuse. J'ai ouvert et fermé vite les yeux.

« Tu lui as lu le passage sur les remerciements ? »

« Ce n'est plus la peine maintenant. »

« Morel remercie ton père d'avoir toujours eu raison, c'est ça ? C'est son passage préféré. D'après Morel, un caractère moins bien trempé en aurait conçu de l'orgueil, c'est bien ça ? »

« Orgueil et amertume, car mes mérites étaient toujours reconnus avec quatre ou cinq ans de décalage. »

Elle n'a pas changé de tête. Ces cheveux drus, depuis trente ans, ce visage, le duvet dessus. Je n'aurais pas pu la voir toucher mon fils. Le fils de Muriel. Un enfant normal, avec ses deux petites joues.

« Lis à ton fils maintenant. Nous avions préparé : La dégradation, la déception. Heureux l'avorton, car c'est en vain qu'il est venu et il s'en va vers les ténèbres. Vas-y. »

« … Si l'avorton avait vécu, même deux mille ans, il n'aurait pas goûté le bonheur. C'est ce qu'on pense ta mère et moi, même trois mille ans, il n'aurait pas goûté le bonheur. »

« Personne. »

On est deux enfants dans une forêt, on veut se marier. Ma brune à bouche rouge. Elle vient parler dans ma chambre. Ça me sauve la vie. Décroche la glace. Pense encore à des enfants de moi. Alors que j'ai plein de pus à la surface du sexe. Des cloques superficielles, ça se résorbera. J'ai dans la bouche un goût de poudre et des drôles de mains. On ne fait pas l'amour avec les mains.

« Que passe une gorgée de bonheur, l'arrière-goût en sera amer ! Déception, déception, tout est déception. Et, bonheur ou pas bonheur, tout va vers un lieu unique. »

« Regarde, il fait semblant de ne pas entendre. Vers un lieu unique, te dit ton père. Vers la mort, mon petit garçon… Tu comprends, même toi, vers la mort. Depuis ta naissance. »

Elle dit les mots en criant. Des cris arrêtés par le désert. Des cris secs sans salive. Enroulés sur elle. Qui m'arrivent comme une paix pour éviter le sommeil.

« Arrête, de toute façon, il pense que nous alignons des banalités. Quand on dit : Ce qui a été c'est ce qui sera, ce qui s'est fait c'est ce qui se fera : rien de nouveau sous le soleil, je sais, moi son père, qu'on touche au mystère de l'humanité. On y touche, on ne m'enlèvera pas ça de l'idée. Mais pour lui cet immense tournoiement… »

« Non, je n'arrêterai pas, je continue : Toi mon fils tu es moi et je suis toi. Tout se mélange sous Dieu. Le vent tourne toujours à la même place. Tu es moi. »

Il y a les erreurs de la nature.

Les médecins ne trouvent pas. J'ai des mains de vieux pas des mains de mort, tant que je ne dors pas. Maryse introduit les vieux dans ma chambre. Sans la femme cette fois. Elle n'est pas revenue. Ma main sur sa nuque, elle semblait tout émoustillée, j'avais sa sueur sur les doigts. Elle s'est cru, après, trop bien pour moi. C'est réciproque. Maryse m'a lavé les mains, étonnée de l'odeur. Elle reconnaît les odeurs de l'âge. J'aurais voulu lui dire : Muriel sent le pin. Elle a dû se demander ce que j'avais fabriqué. Où j'avais mis la main. Je pense tout le temps à mes mains. Je ne devrais pas. De toute façon j'en suis sûr, Muriel veut encore…

« Notre amie nous a quittés. Crise cardiaque, en regardant la télévision. Dennis Oehler, l'unijambiste, s'appuyait sur sa jambe artificielle au départ du cent mètres. Est-ce cela qu'elle n'a pu supporter ? Nous ne le saurons sans doute jamais. La vision à

56

l'œil nu de cette prothèse ? Le poids du corps dessus ? »

Des crampes montent dans mes mains. Je ne peux pas définir mon état. On dirait l'autre monde. Presque la mort. Avec plus rien qui m'intéresse. Je sais que c'est faux. Tant qu'on n'est pas mort on est vivant. Tant qu'on entend. Je suis, je pense, vivant. Tant qu'on a mal… Je n'aurais pas dû laver mes mains. Garder la sueur de la morte, une goutte de vie ultime. Ou alors ne pas la toucher. Pas la voir. Pas savoir. À part Muriel, je voudrais ne pas être né. Et même… je ne voudrais pas. J'aurais préféré rester dans le désir. Mais d'une autre mère. Une blonde ou Muriel. Une blonde et un homme me désirent, rester dans leur désir, dans l'envie. Ne pas naître, le meilleur c'est toujours l'envie. Rester dedans. Dans l'envie de Muriel, l'idéal serait : être dans son désir le petit enfant. Qui ne viendrait pas au monde. Resterait dans l'eau du ventre, dans l'eau des yeux. Muriel. J'aurais pu être bien.

« Je vais lui faire une lettre salée à Monsieur Oehler… Cet unijambiste a voulu contrarier la nature. On n'a pas à la contrarier. Notre amie en est morte choquée. Vous savez, les ongles sur les tableaux noirs, l'appui sur la prothèse ça l'a fait bondir notre amie. Comme les ongles crissant sur un tableau. C'était une femme à tics. On ne lui aurait pas fait toucher la peau d'une pêche. Elle préférait se priver de la chair. Alors un homme qui s'élance sur du fer… »

Quand j'étais petit, elle sortait voir les cyclistes, ma mère. À chaque vélo, c'était des hurlements. Elle me disait : « Regarde les mollets. » Elle fixait les mollets durs des gars. Il fallait que je regarde parce qu'elle trouvait cela intéressant. Mais j'aurais préféré ne pas vivre. Rester inconnu. Une graine de sang dans Muriel.

« Devant sa propre impuissance on se retire. Nous voulions vous sauver, elle meurt. On a l'impression qu'on ne pourra sauver personne. Raconter des histoires, nous ne pourrions plus, nous nous forcerions. Vous le sentiriez dans le ton. Pour aller voir un muet il faut de la conviction. Ça s'entendrait tout de suite à nos inflexions. Nous ne viendrons plus. Si vous ne pouvez plus, demandez du dolosal. »

Je ne peux rien demander. Faire aucun signe. Il faudrait l'opération du Saint-Esprit. J'aurais préféré ne pas être né.

« La solidarité ne s'arrête pas. Le dolosal, nous disions cela comme ça. Pour soulager votre maman, lui enlever toute souffrance. Supprimer un peu le choc de la mort. Dans la chaîne, un aumônier nous remplacera. Il est jeune, il veut faire le bien, il y croit, il s'appuie sur Dieu. »

Dans le désir de Muriel si on m'avait donné le choix. Je me vois caressé, embrassé, dans son désir une petite graine, ou une boule d'enfant qui n'existe pas réellement. Embrassé, étreint, moi qui ne serais pas né. Tellement serré qu'elle manquerait m'étouffer. Ce n'est qu'un beau rêve. Dommage ! même étouffé, ça ne m'aurait pas empêché de rester.

« … Zacharie, un prêtre. Sa femme s'appelait Élisabeth. Tout a commencé comme cela par une naissance. Alors qu'elle était complètement stérile. Et lui d'un âge avancé… un ange du Seigneur. »

Il y a des morceaux de phrases que je n'entends pas. L'aumônier baisse la voix parce qu'il est question de sexe. Se rend-il bien compte que c'est vital pour moi ? Quelle que soit la question ! Un jeune prêtre. Un impuissant. Il choisit dans le Livre des passages particuliers. Dans l'intimité d'une chambre. Une manière de se défouler. Par l'opération du Saint-Esprit, d'éjaculer. Moi, sauf les mains, je ne suis pas d'âge avancé. Muriel, ce serait des caresses de chair.

« Les vieilles personnes qui vous rendaient visite subissent l'épreuve du deuil. Cette mort…, vous y gagnez… à votre stade on n'a plus que Dieu à aimer…, …comme moi. Les vieilles personnes s'effacent… je vous accompagne. »

Je n'ai presque plus de cloques de pus. Il est bien trop tard pour rester dans le désir. Je suis là, je suis vieux,… trop tard. Si j'étais resté dans le désir, de toute façon, ça n'aurait pas été Muriel mais ma mère, j'aurais préféré mourir. Maintenant je regrette d'avoir dit non. Le bébé de Muriel ça aurait pu être moi, juste sorti. Impossible, il est maintenant trop tard. Sur un lit d'hôpital, avec l'angoisse d'une diarrhée, c'est du domaine du rêve. On n'aura jamais d'enfant.

« Sois sans crainte Zacharie car ta prière a été exaucée. Ta femme Élisabeth enfantera un fils et tu lui donneras le nom de Jean. Tu en auras joie et allégresse. Il sera rempli de l'Esprit-Saint dès le sein de sa mère. »

Ils font semblant de parler de sein comme si c'était blanc. Comme de la neige propre, et rempli d'Esprit-Saint. Alors que c'est des glandes mammaires avec des tissus adipeux. Pas un muscle, les pointes érectiles, ça doit être un corps caverneux. Pour les prêtres les seins sont comme des gazelles. Pour eux, les lèvres, un ruban écarlate. Un garrot, oui ! Pourquoi pas un troupeau de gazelles dans la forêt ? On s'imagine de tout dans la forêt. Les rêves les plus incroyables. On est tellement bête, on y croit. Muriel dont les lèvres… un ruban écarlate. Chez certaines femmes, c'est plutôt un seau d'eau sale. Elle, c'était un élastique mouillé. Et maintenant, du rêve. J'aime mieux ne pas y penser. Voir à la place un seau d'eau sale. Comme ma mère. Sauf si j'avais pu rester dans le désir. Mais de Muriel. L'autre il y a trois trous, deux d'eau sale et un de merde, encore plus sale.

« Zacharie dit à l'ange : "À quoi le saurai-je ? Car, vois mes mains, je suis un vieillard et ma femme est avancée en âge." L'ange lui répondit : "Tu vas être réduit au silence et tu ne pourras plus parler jusqu'au jour où cela se réalisera, parce que tu n'as pas cru à mes paroles qui s'accompliront en leur temps"… »

J'aurais voulu comme mère une femme. Des baisers comme un élastique mouillé, la langue toute propre. Des parfums qui font bander. Alors, j'aurais pu la supporter. Stérile si possible. Du sexe, juste un peu de sang coulant sur le carrelage.

« Quand il sortit, il ne pouvait plus parler. Il faisait des signes et demeurait muet… »

Muriel, j'aurais horreur de voir sortir une tête. Avec tout le corps qui suivrait. Ou alors par l'opération du Saint-Esprit. J'aurais voulu qu'elle reste vierge. J'ai préféré jouir. Parce que, vierge, c'était encore du rêve. Toujours on est ramené aux limites de la nature. Aux erreurs.

« … L'Esprit-Saint viendra sur toi et la puissance du Très-Haut te couvrira de son ombre… Élisabeth qu'on appelait la stérile, car rien n'est impossible à Dieu. »

Le prêtre a des fantasmes d'inceste, lui qui n'a pas de famille. L'inceste. Le Père engrosse la mère de son Fils mais cette femme est sa fille. Et cette fille donne naissance à son propre Père. Sans l'opération du Saint-Esprit c'était de l'inceste. D'ailleurs la Vierge n'avait pas envie. Elle savait que les relations entre parents et enfants ne se passent pas de cette façon. Le prêtre ça me fait de la vie. Sans lui je pourrais mourir dans le silence. Il dit n'importe quoi. Je regrette, mais tout n'est pas possible à Dieu. Pas pour moi.

« Dans ma tête, c'est une fille. Sûrement parce que je suis une femme. J'imagine une fille. Dans mon désir, je vois les grandes lèvres d'une fille. Une toute petite. Elle tient dans ma main… »

Ma souffrance s'aggrave. Mais le pus est complètement résorbé. La ligne de vieillesse dépasse le coude. La ligne rouge. Muriel veut une fille, tout reste dans ma bouche. Elle refuse de soulever mes draps. N'y pense même pas. Alors qu'on pourrait. Elle approche. M'embrasse le cou.

« Dans certaines salles ici, les hommes se masturbent. Des hommes désespérés. Après, on recueille le sperme. Cela se fait in vivo, l'enfant sort des lèvres. Il suffit de se masturber. Il suffit de ça, à condition de bien garder le liquide. Dans des bouteilles pour la femme qui attend. Il n'y a pas de dégoût. »

Sa future fille est dans une bouteille. Elle serait prête à se la fourrer, une bouteille ! Si j'avais pu, bébé, à peine sorti des lèvres, j'aurais dit : dolosal. Je ne pouvais pas.

« Si tu acceptes, avance ta main vers ton sexe. On mettra ton lit dans la salle. Si tu m'entends, fais le geste. Regarde, je pose ma main moi sur ton sexe, essaye. »

Elle embrasse mon cou. Oublie la ligne rouge. Embrasse trop près de l'épaule. Les parties vieilles de mon corps se crispent. Tellement que j'oublie. Son baiser trop près de la ligne anesthésie tout mon corps. Sauf mon sexe dans sa main. Qu'elle retire. Elle va chercher la glace de la salle de bains. La place au-dessus de mon corps. Je me dégoûte. Elle s'apprête à partir, j'ai encore le sexe en l'air. Partout ailleurs une douleur telle que je ne la sens pas. Dessus je ne pourrais pas mettre de mot. Quand Muriel sort, ma mère entre. Elles se croisent dans le silence. Sauf le bruit des talons et celui des gestes. Muriel part. L'autre est là.

« Ton père me suit. Il a voulu faire un détour par la mer, demain il entre en clinique. Il a peur de ne pas revoir la mer, un détour morbide avant l'anesthésie. Nous serons un peu seuls, pendant la clinique, toi et moi… »

Mon liquide sort comme une pollution d'enfant. À gros jets. Pourtant, Muriel m'était sortie de la tête. Une pollution comme les enfants. Une humiliation dans le vide. Ma mère a vu, ça traverse le drap, elle sonne Maryse.

« Mon pauvre enfant ! On va te mettre chez les fous. Ici, ce n'est pas un endroit de plaisir. (Maryse entre, fraîche comme une amoureuse.) Regardez ! des pollutions dans son état, et à son âge, les médecins vont l'expédier chez les fous… »

J'aurais préféré ne plus la voir. Quitte à mourir. Sa voix, un creux dans le désert. Un vent sec, dans le Sud, qui donne très soif. Coupe la respiration à moins qu'on crache.

« …c'est extrêmement grave. Ça lui est venu d'un dégoût… »

Elle disait « tu es beau mon fils », « le meilleur pour toi ». Dans sa bouche il y a un seau d'eau sale. Une bouche de lion qui crache de l'eau sale.

« On s'occupe de lui,… on se force, je voudrais savoir un dégoût de quoi ? »

Un chien n'en boirait pas.

« Il n'a plus de plaisir. Dans son cas c'est de la souffrance. Une réaction… Quelquefois la mère… Souvent. »

« Moi… »

Cracherait dedans. Un petit chien clair dans un studio veut se tuer. J'ai dans la bouche un goût de chien grillé. Envie de cracher. Le goût du grillé, j'ai envie de cracher. Dans la bouche le goût de la chair. C'est quand même un chien, presque un humain.

« L'éjaculation due à la mère… dans les cas graves. Il souffre tant, il aurait préféré ne pas être né. »

« Mais un dégoût de quoi ? »

« L'éjaculation devant la mère, une manière de lui renvoyer celle du père lors de la conception. »

Je faisais voguer des bateaux sur des bassins d'eau claire. Avec j'aurais voulu troubler la retombée du jet d'eau. Au contraire mon bateau versait.

« Ah, un dégoût de l'existence… ? »

« Une sorte. »

Quand j'étais petit, le jour de la trique dans son lit, c'était ça. Par dégoût, c'était tout à fait normal. J'aurais eu honte de bander pour elle. De dégoût je n'ai pas honte. Ma bouche ne peut plus rien. Je lui crache à la figure quand même. Mon sperme, pour elle, c'est du crachat. Maryse a raison. Du crachat. Quand on a trop de souffrance. Le vomi sort du sexe. Parce que c'est le seul endroit. À la place d'un rot, j'éjacule. Au lieu de péter.

« …quand je vois les draps, j'ai envie de partir. D'arrêter les paroles, les soins. Je dis ça, mais… aux pires moments, un enfant, ou alors… »

« …à mon avis c'est vous… »

« …si tout le monde faisait le silence, cela abrége-rait ses souffrances… »

Oui, tais-toi, tous, taisez-vous.

« Il éjacule parce qu'un dégoût s'installe. »

« Je me doute qu'un malade n'éjacule pas comme ça. Vous m'avez dit, un rejet de l'existence. »

« …avec le rôle de la mère dans l'existence, un dégoût… »

« Vous préférez que je m'en aille ? »

On n'a pas besoin dans cette chambre d'un seau d'eau sale.

« Je vous en prie. Car, à mon avis, c'est vous. Pas en tant que personne. La mère, la génitrice… »

Maryse veut me tuer ? À part Muriel qui va-t-il me rester ? Je la prenais comme du bruit ma mère. Une voix tellement sèche, un tel froid, ça m'empêchait de dormir.

« Une deuxième pollution pourrait lui coûter la vie… »

Mon père entre, je ferme les yeux.

« J'ai compris… Maryse dit qu'il va mourir. Nous avions tout préparé pour la fin de sa vie, des pages pleines de paroles. Pourquoi n'abrège-t-on pas ? Maryse dit qu'on ne peut plus venir. En tant que parents on lui rappelle trop la naissance. C'est bien ça ? »

J'ai pris un studio dans une chambre à l'hôpital. Comme un chien.

« Pour simplifier oui disons cela. »

« Mon mari entre en clinique. Alors, de toute façon… Mais qui lui parlera ? »

Maryse change mes draps. Les tire de sous mon corps. Qu'on voit presque nu. En tout cas, on voit bien mes couilles. Quand j'étais petit, la vieille touchait tout. Mais ce n'est plus la même peau. Elle croit que c'est pareil en plus grand. Or la nature a transformé chaque petit point de peau.

« D'autres lui parleront. Ce que je ne veux pas moi, en tant qu'infirmière, c'est une deuxième pollution. »

J'entends rire mon père.

« …oui monsieur, sur un corps très malade, parfois l'organe sexuel se dresse. De souffrance, dégoût de la vie extrême. »

Elle dit ça, pense dégoût de la mère. Moi, depuis tout petit, j'éjacule par dégoût de la mère. Sauf dans Muriel. Là, c'est l'humidité des bois. De la mousse. Dans Muriel, j'arrêtais de penser ; dans une éponge de mousse. Comme si j'étais jamais né. Un état d'une seconde, avant la naissance. Dans le plaisir, je n'avais pas de corps. Une boule de chair ronde. Dans le vagin de Muriel, un grain de sang. Je n'avais plus de corps, sauf le petit grain dans le sien.

« …l'organe réagit à part vous comprenez ? »

Ils sortent. Je me dis : Souviens-toi de ton créateur.

Maryse essuie le sperme séché. Il aurait fallu le mettre dans une bouteille. Je ne sais rien dire. Elle lave, elle essuie bien tout. Couvre. Caresse mon front, et pour le bruit, chante.

« Je suis enceinte. Tu ne voulais pas mais ça y est. J'ai voulu t'en parler. Tu ne réponds pas. Pas un signe. Mon bébé n'est plus dans ma tête. Dans mon désir il n'y a plus rien. Il est là mon bébé. »

Dans les délires normaux je la prenais dans mes bras. Là, si je pouvais, je lui cracherais au visage. Elle invente un bébé dans son ventre. Comment ce serait possible ? Avant la maladie ? J'ai l'impression d'avoir été toujours malade. Elle invente. Même dans le désir elle inventait.

« Mets ta main. Touche. Tu ne peux pas sentir comme moi. Moi, je peux te dire qu'il est là. Je n'ai pas peur de l'accouchement. J'aurais voulu tenir ta main. Pas dans cet état. La prochaine fois on sera deux. Mon bébé sera là. Il l'est déjà. Je suis sûre que c'est une fille. Il faut que je m'allonge. Un peu sans bouger. Mon bébé et moi, il faut qu'on se repose. Tu ne veux pas mettre ta main ? »

Je ferme les yeux. Je n'entends pas. Je ne veux pas. D'habitude j'aime les délires du sexe. Pas là. Et puis, de toute façon, ma main ne bouge pas. Muriel s'en va, elle s'en va. C'est vrai qu'elle a du ventre. Elle en a toujours eu. Muriel, ce n'est pas une beauté. Elle a toujours eu plus ou moins l'air enceinte. Quand on s'est rencontré déjà, on aurait dit qu'elle avait dans le ventre une portée de chats. Ça ne me dérangeait pas. Ça ne sortait pas de moi. Les chats restaient dans son ventre, on n'en parlait pas. J'aimais faire l'amour au moment des règles. Le sang me rassurait. Je la suçais pour en boire. Son bébé qui saignait. Qui ne verrait pas le jour. J'aspirais son sang pour qu'il ne voie pas le jour.

Qui va me parler ? Moi, jour et nuit, j'aurais voulu elle.

Le prêtre raconte toujours des histoires de sexe. Ça recommence. Je n'ai plus que lui. Maryse, Rachid, et lui. J'entends sans arrêt « Fils de Dieu ». Je pense à l'enfant de Muriel, Muriel-femelle, je n'en veux pas.

« ...voici que l'enfant a bondi d'allégresse en mon sein... Parce qu'elle y a cru... ce qui lui a été dit de la part du Seigneur s'accomplira. Pendant ce temps-là, Zacharie demeure muet. Elle, sent l'enfant bondir en son sein. Zacharie n'y mettra même pas la main. Elle le sent bondir, elle y croit. Prête à voir la tête sortir... La vierge, elle-même, a douté. Pourtant Gabriel avait dit : Sois sans crainte. »

Ce n'était pas du doute. Mais du dégoût. Le Père, elle n'en voulait pas d'enfant. Au moment de la jouissance, elle n'a pas eu de plaisir. Au contraire. Ses sécrétions vaginales exsudaient le dégoût. Une sorte de pollution comme moi. Pour un enfant né dans le vide. Dans une pollution. L'amant était le Père. Le Fils aussi. On s'étonne qu'elle soit restée vierge. Quand c'est le père, l'hymen résiste. Sexuellement elle était dans une grande confusion, dans son vagin, son père et son fils. Elle n'a sûrement pas pu jouir devant le père, sauf comme un crachat. À la place d'un pet, comme moi.

« …nul n'a le pouvoir d'arracher quelque chose de la main du Père. Moi et le Père nous sommes un… Il est en moi comme je suis en Lui… »

J'aurais voulu une vraie vierge stérile. Un véritable amour. Là, c'est toute une confusion. Dans la douleur, les membres se mélangent. Je ne sais même plus où j'ai mal. Les membres se mélangent. Même moi, où je suis, moi ? J'aurais voulu être dans Muriel. Dans le sang de son bébé. Pas dans ma mère. Ça se mélange. Si elle est enceinte je me tue. Comment demander : dolosal ? J'ai la confusion dans le corps.

« Il ne faiblit pas dans la foi en considérant sa chair — il était presque centenaire — et le sein maternel de Sara, l'un et l'autre atteints par la mort… »

Il tourne les pages. À toutes les pages, s'arrête. Surtout quand ça parle de sein. Je me tue si de Muriel sort quelqu'un. De toute façon j'ai mal partout. Je ne sais même plus où. J'ai les mains vieilles et mal je ne sais plus où. Le prêtre s'arrête parce que ça parle du membre.

« En effet, le corps est un, et pourtant il a plusieurs membres ; mais tous les membres du corps, malgré leur nombre ne forment qu'un seul corps : il en est de même du Christ… »

Toujours le membre. Le reste, des images. J'ai mal à tout. Si Muriel ne vient plus, qui décrochera la glace ? J'aimais voir mon visage. Même moitié mort. Mais le voir.

« Si le pied disait : "Comme je ne suis la main, je ne fais pas partie du corps…"… »

Si ma main ne faisait pas partie de mon corps, et ma mère de moi…

« Si tout était oreille, où serait l'odorat ? selon sa volonté… Si l'ensemble était un seul membre, où serait le corps ?… »

Oui justement où serait le corps ? Où ? La ligne rouge monte aux épaules… et partout. Je la sens, mais où ?

« Les membres du corps qui paraissent les plus faibles sont nécessaires. »

L'ovulation de Muriel, c'est des histoires. On ne peut pas y croire. L'ovulation en général comment y croire ?

« …et ceux que nous tenons pour les moins honorables, c'est eux que nous faisons le plus d'honneur… À l'instant sa bouche et sa langue furent libérées… »

Les maux sont devenus, à force, indolores. Rachid entre, Maryse lui dit : « Ne laisse pas passer la mère… » Elle redoute une deuxième pollution, fatale pour moi. Pendant la pollution je n'entends plus, je peux mourir. « …elle voudra passer, accuser son fils de la mort…, il faut que nous lui disions… »

« Il est mort, il n'a pas souffert, sous anesthésie partir n'est rien, c'est seulement la fin, on ne s'en rend pas compte. Vous n'y êtes pour rien. »

Elle sort.

« Dans mon pays quand quelqu'un meurt, un parent qu'on aimait… il ne faut pas être triste. De toute façon, est-il plus noble de souffrir ? Voilà ce qu'on dit chez moi… »

Je ne souffre plus, j'ai trop mal. Mon père est mort c'est peut-être moi. Je suis peut-être mort. Sinon, où suis-je ? Je ne parle pas. L'enfant de Muriel va sortir, si j'étais vivant je parlerais. Je ne serais plus muet, ma langue serait libérée. Je suis donc mort.

« À la mort du père, il faut résister, ne pas se tuer. Même dans la peine. Hier, au bord de la mer, un jeune monstre, paralytique de vingt ans, renversait sa tête en arrière, à la lumière, heureux de prendre le soleil. Comme un être normal. Il semblait aimer la lumière comme tout le monde. Alors qu'il aurait pu lui en vouloir. Non, son corps composé d'une tête, un torse et deux bras… il emmagasinait le soleil… »

Rachid parle… Je suis peut-être mort. Qu'on me prouve le contraire ! Je n'ai même plus mal. Qu'on me présente une glace ! Muriel attend un enfant de moi qui suis mort, l'enfant d'un autre. Un autre homme connu après ma mort. Elle a tout de suite trouvé quelqu'un, dès après ma mort. Le bébé va sortir. Rachid caresse mon bras vieux, j'ai senti le parcours de sa main, je la sens, je suis là. Je voudrais partir parce que Muriel va revenir avec quelqu'un.

« …voyez, comme la caresse du soleil. Sur votre vieille main… La caresse du soleil sur le visage du jeune paralytique, vingt ans, vous vous rendez compte ?… cette caresse, un peu comme ma main sur vous. Un plaisir, des plaisirs encore possibles jusqu'à la fin. Tant qu'on est vivant. Mais pour ceux qui sont morts, dans mon pays, on raisonne autrement. Les morts ne regrettent pas, c'était mieux pour eux. Au lieu de balancer entre le sommeil et la mort… »

Si je ne suis pas mort, je suis entre les deux. Mourir, dormir. Je ne sais pas ce qui est mieux. Je ne sais pas.

« Mourir. Cesser d'être, au lieu de s'insurger contre un océan d'ennuis. Dans mon pays on dit : "Comme ça, on met fin aux mille contusions du corps qui sont le lot de la chair." On dit que c'était une conclusion à souhaiter. »

Je ne peux même pas dormir. Pas rêver. Même pas ça. De toute façon, je ne sais même pas demander : dolosal. Je reste. Si je reparlais… je demanderais.

« Vous c'est différent… la mort d'un père. Il y a de pires souffrances. Vous êtes malade bien sûr, mais pensez au paralytique. Croyez-moi, quand je vous vois, je me dis : oh, lui, il y a pire. »

Il me voit, il dit « quand je vous vois », il me voit. C'est que je suis là, pas mort. Je voudrais me voir. J'ai du mal à croire. Je ne supporte plus mon fardeau, geindre et suer. Je suis épuisé mais je ne peux pas demander, rien dire, pas même le mot final. Le mutisme me retient. Dolosal, je ne peux pas le dire, ça me garde en vie. Sans même souffrir à force de mal. À force je ne sais plus où. La ligne rouge, je la vois partout. Il faudrait ma mère. Qu'elle entre par la fenêtre, ou un endroit secret, inconnu de Maryse.

Elle s'assoit, je bande tellement je me dégoûte. Je me dégoûte tellement d'être né que ça me fait bander, j'inonde son visage poilu, et meurs dans une pollution. Une belle mort, dans le pourri.

Pendant un temps comme une année Muriel n'est plus venue. C'était peut-être seulement des heures, ou une seule heure longue. Dans mon impression c'est comme une année. Rachid et le prêtre m'ont parlé. Ma mère est entrée, elle a juste eu le temps de passer sa tête, Maryse l'a chassée. Ça m'a quand même fait éjaculer, Maryse m'a soigné. J'entendais bien. Là, Muriel est dans ma chambre. La bouche rouge. Parle mais j'entends très mal.

« …mort-né. Des souffrances, j'ai failli mourir dans… »

Depuis qu'elle est revenue j'entends mal. Le silence entre par mes oreilles, débouche dans ma tête. Au bas du crâne se forme une grande plaque de douleur. Elle a parlé longtemps, j'ai juste entendu : mort-né, des souffrances, j'ai failli mourir dans. Maintenant : « accouchement du mort », « la vieille sage-femme », « l'heure du déjeuner », « se vidait », « mon état normal », « partir ». Quelques mots, sur des centaines de phrases. J'entends des morceaux seulement, mon état s'aggrave. Des mots et, entre, le silence pénètre dans ma tête, forme une plaque. J'entends : « monstre », « étouffé », « même paralytique », « retrouvé ». Elle a retrouvé son enfant mort-né, c'était un paralytique, une sorte de monstre. Qu'on lui avait caché. Elle a voulu le retrouver. Ce doit être quelque chose comme ça. À cause de moi, la dernière fois qu'on a fait l'amour. Parce que je n'en voulais pas.

« …aimeras, tu verras… »

Si j'ai un enfant, même monstre, je dois retrouver la parole, « à l'instant sa bouche et sa langue furent libérées ». Moi, c'est le contraire. Et je n'entends plus.

« …les eaux,… les voies naturelles… on se sent vide, dans la forêt…, beau… »

C'est tout ce que j'entends, sur des milliers de phrases. Il y a des éclipses dans sa voix. Parce que je n'en voulais pas ? La plaque me prend la base du crâne. La bouche rouge se rapproche et m'embrasse. Je n'entends pas le bruit des lèvres. Ma langue ne répond pas. Je suis comme mort. Je n'entends plus. Comme avant, Muriel décroche la glace de la salle de bains. La met devant moi. Me voit comme avant. Je ne me vois pas. Je la vois elle, Muriel, mais dans la glace c'est comme si je n'avais pas de visage, je vois la télé, l'armoire, Maryse qui entre. Tout sauf mon reflet. Mon reflet a disparu.

Mon reflet, avec mon père et mon enfant, disparaît ; tous morts. Je n'en voulais pas. N'aurais jamais voulu me voir. Jamais être, jamais se voir. Jamais avoir d'enfant, même mort. J'ai dans les yeux de la poussière grise. Un grain de poussière au lieu d'une petite graine, mes yeux ne me renvoient plus mon image. Mon père entraîne avec lui mon reflet. Dans la mort, à cause d'un vide gris dans mes yeux. Dans la glace, Muriel intacte… Je ferme les yeux.

Les deux femmes se parlent. Je n'entends pas un mot. Mes oreilles laissent passer le mal. Je ferme les yeux. Sauf la pensée ça ressemble à la mort. J'ouvre les yeux. Les visages sont inquiets. Muriel pleure, acquiesce de la tête. Se rapproche. Me caresse. J'entends : « mon petit enfant ». Sens la caresse plate. Sur mon bras, sur mes mains. Sa bouche fait des dessins dans son visage. Il me reste quoi ? J'espère que dans la mort on voit les gens. Les bouches. Les caresses on ne les sent plus. Mais les mouvements de la bouche. Des mots qui percent.

Maryse s'assoit de l'autre côté du lit. D'un côté Muriel, un sourire dans la bouche, des baisers possibles. De l'autre Maryse cherche une veine, une grosse. Je n'ai pas eu à demander. Maryse m'injecte le dolosal, et Muriel me sourit. Je ne suis pas prêt, ça m'entre dans la veine. La plaque, d'une oreille à l'autre, par l'arrière de la tête, c'est comme une plaque de fer dans le silence. Le liquide est passé mais j'ai les yeux ouverts. Je vois tout des visages. Certains mots passent « Ça y est ». Maryse contrôle mes pulsations cardiaques. Le dolosal passe. La bouche rouge m'embrasse, s'éloigne. Un beau sourire rouge. J'efface les pensées mauvaises. Le mal qu'on m'a fait. Je ne me vois plus. Je n'ai plus de père. Je suis bien, la bouche rouge, je suis bien. Je suis la bouche rouge. La plaque de silence m'empêche d'entendre. Mais dans ma tête, il y a la voix de Muriel. Comme si c'était maintenant, « mon petit enfant », et puis le mot « forêt » qui se répète forêt, forêt, forêt, forêt. Je vois du vert et des eaux et de l'air, forêt. Je vois écrit le mot, dans ma tête. Forêt écrit dans ma tête. Je ne meurs pas. Il y a plus de vie en moi que dans la mort qui vient. Le dolosal injecté par une main à côté de moi n'est rien. Le mot forêt. J'entends « Zut, il repart », voix de Maryse. Elle contrôle mes pulsations cardiaques. Dans la tête encore j'ai la voix de ma mère, j'étais tout petit, sa main vieille qui me tenait je la trouvais douce, je voulais qu'elle fasse un concours de beauté des mains. Je lui disais qu'elle gagnerait. J'entends encore « non, mon petit garçon » et « regarde les tout petits arbres, un tout petit chêne », un chêne de quinze centimètres. Tellement jeune. J'ai ri, j'ai dit « regarde maman j'ai arraché le chêne ». Je riais tellement dans la forêt d'avoir moi arraché un chêne. J'entends son rire. « Zut, il repart », et la voix de Muriel : « il entend ». Sur ses lèvres « attention ».

« Il est reparti… pas le bon moment. La maladie… on connaît mal. On n'en sait rien à vrai dire… »

J'ai entendu ça aussitôt replonge dans le silence. Pas dans la mort. Pas encore. Je n'ai plus de reflet, presque plus d'ouïe. Je profite des derniers instants, fixe la bouche rouge. La peinture. Elle ne savait pas mettre le rouge à lèvres, ma mère. Il fallait que ce soit moi. « Attention, dessine le contour des lèvres ; pas dans les coins », elle vérifiait dans la glace. Elle me le faisait faire chaque fois qu'elle sortait. Je sentais son souffle. Je ne regrette pas. Il y a toutes sortes de souffles. Ma mère, c'était fétide je crois, je ne regrette pas. Fétide, c'était peut-être une idée à moi. Muriel, je l'ai tout de suite trouvée belle. Il y avait une grande différence. « Attention, pas dans les coins… maintenant il faut que je morde dans le mouchoir. » Mordre dans le mouchoir enlevait l'excès d'éclat, uniformisait. J'étais devenu un expert mais j'avais horreur des lèvres. Muriel a la bouche rouge au naturel. Comme une fraise. Du rouge jusque dans les coins. Du vrai rouge, des vraies muqueuses, des fruits frais. Elle m'embrasse. Pose les lèvres, enlève. Ma mère ça collait. Ça faisait baiser de putain, elle disait « je t'ai décoré », m'essuyait. M'essuyer, quel que soit mon âge, elle y tenait. Elle me décorait, m'essuyait après. C'était présenté comme de l'affection. Un truc de femme. D'affection de femme. J'ai envie d'avoir une fille avec des petites lèvres. Je ne voudrais pas mourir sans avoir eu au moins une fille.

« On ne peut plus rien faire. Votre mari, on va vous le rendre. On a tout essayé même la mort. Maintenant, cet homme, avec des douleurs aux mains, les risques du silence, nous, on a épuisé les moyens de l'hôpital. On a fait tous les examens. Il a résisté au dolosal. Emmenez-le. »

J'entends. J'ai résisté.

Dans l'ambulance Muriel caresse mon front, mes bras. Elle a donné son accord pour me tuer. Abréger mes souffrances. Alors que je n'étais pas prêt. J'entends des mots, des phrases complètes. Ma vie, depuis l'échec du dolosal, n'est plus liée au bruit. À quoi ? L'hôpital renonce. Muriel m'emporte dans l'ambulance. Maintenant j'ai des moments de sommeil. Des minutes. Et pendant, des rêves. J'alterne sommeil et veille. Les médecins disent qu'on verra bien. Je dors et chaque fois me réveille. Mais je ne parle pas, ne bouge pas. J'entends des phrases. Elle me caresse, l'ambulancier parle. On quitte l'hôpital par la route des collines. Couché, je vois le ciel blanc, des arbres dans des jardins, tout à travers une brume. Je ferme les yeux. Elle a voulu me tuer par pitié. Je voudrais qu'elle enlève sa main et la remette. Pour le moment où elle la remet. Je voudrais qu'elle l'enlève, la repose. Le début du moment où elle la remet.

« …des proportions gigantesques… envelop-pant les hommes dans un gigantesque brasier… »

« À cause du mistral…, vous dites deux mille hectares. »

J'entends « flammes ». La brume blanche, à cause des flammes. L'ambulance grimpe la colline. On voit de la fumée. De notre maison, au loin. Dans ma chambre Muriel me parle. En entrant je ne me suis pas vu dans la glace. Il y a dans notre chambre un grand miroir pourtant. Je ne m'y vois pas. Mon reflet ne revient pas. Ni la parole. J'ai le souvenir des autres voix, celle de Muriel par éclairs.

« Cette maladie obscure…, contente que tu ne sois pas mort… affaiblie moi-même. Notre enfant, mort-né… aller bien… tu verras, aimeras… te parle, tu trouveras… pourrons faire l'amour… te laisser faire… »

Je me laisserai faire. J'ai des voix dans la tête. La bouche rouge, je me laisserai faire. « Grêle et feu mêlés de sang tombèrent sur la terre… le tiers des arbres flamba », la voix du prêtre me revient. Pen-dant le passage du dolosal j'avais des phrases de femmes dans la tête. Je repense « le tiers des arbres flamba ». Le prêtre, j'aurais voulu le faire taire. Ça me revient. « Flamba », dans l'ambulance j'enten-dais parler de brasier. Muriel répète le choc de l'enfant mort-né, c'est du passé, il y a des flammes derrière les collines. Elle me cache la vérité. Est-ce que moi-même je suis en flammes ? Pourquoi je ne vois pas mon reflet dans la glace ? Moi-même, nimbé de fumée.

« Je n'ai perdu ni eaux ni sang. Sans la vieille sage-femme, on n'aurait rien vu… »

Je cesse d'entendre, la phrase se déroule sur les lèvres de Muriel, bouge.

« …presque un miracle… tu retrouveras la parole… »

Le son fait des éclipses brèves, reprend, « …on aura plein d'enfants. »

J'entends presque tout. Elle ne parle pas du feu. « Une grande montagne embrasée était précipitée dans la mer », elle veut plein d'enfants. La plaque de douleur se rétracte, il n'y a plus qu'un petit point à la base du crâne. Un point douloureux. Rien comparé à l'ancien mal. J'entends tout de la voix de Muriel. J'ai des moments de sommeil où je rêve. Dans ces moments, le prêtre. J'entends « le tiers des eaux devint de l'absinthe, et beaucoup d'hommes moururent à cause des eaux qui étaient devenues amères », j'ai des images sur les phrases qui revien-nent, Muriel nage dans le sang. Comme si c'était de l'absinthe. J'ai toujours des rêves idiots. Le va-et-vient de Muriel sur mon sexe me réveille. Elle s'est déshabillée pendant mon sommeil.

« Tu criais toujours pendant l'acte d'amour, ça finissait toujours par un cri… »

Je jouis mais cette fois ne pousse pas de cri. Sous elle, un corps de muet. La raideur du sexe est mon premier geste depuis longtemps. Il retombe. J'ai des parties du corps qui bougent. Mais dans la glace en face, toujours rien. Muriel nue. Son cul. La raideur recommence, je jouis, pas de cri, ça retombe. Dans le vagin de Muriel c'est de la mousse sèche. Il y a eu un enfant mort dedans. Je prends ses fesses dans mes mains. Toujours la même vieillesse, mes mains. Dans la glace, il y a son cul, pas mes mains. Tout ce qui est moi comme nimbé de fumée. Me voir dans l'amour avant, je n'essayais même pas. Elle enlève mes mains, se soulève. Reste près, parle.

« Tu vois tu as bougé les mains… Regarde dans la glace, j'aime bien te voir dans la glace. Tu bouges bien… »

Elle aurait préféré pour moi un cri. Elle aime autant pour elle la sensation des mains.

« Maryse m'avait dit de garder espoir… un homme qui repousse comme toi la mort. »

J'ai retrouvé la motricité de mes doigts, de mon corps presque entier. Je pointe mon doigt vers la télé. Elle l'allume. J'entends « la nuit rougie par les flammes. La chute du vent en début de soirée n'offrit aucun répit ». C'est tout sur les incendies, avec des images de la forêt qui brûle. La plupart des gens, un foulard sur le visage pour se protéger des cendres et de la fumée. Je pointe le doigt, elle éteint. Dans la glace toujours rien.

« Tout se transforme. Il aurait fallu un cri. Pendant l'amour. Parce que ça y est, tout se transforme. À part cette bouche. Il aurait fallu que tu cries. Avant, tu criais comme de douleur… »

Je n'ai plus mal. Tout est revenu, je bouge. Muriel aimait qu'on parle pendant. Elle a le vagin sec. J'ai la bouche vide. Depuis mon retour on a joui un peu chaque jour. Chaque jour ça s'améliore. Reste le silence. Et dans la glace, toujours rien.

« Regarde, tu as retrouvé l'usage complet de tes mains. Écris-moi. »

Je dessine un chêne de quinze centimètres, une main d'enfant l'arrache. J'écris « chêne » sur la feuille avec une flèche. Ça m'avait donné une impression de puissance, à mon âge arracher un chêne. Plus de cloques de pus. Toujours les mains vieilles. Mais je bouge.

« C'est la bonne période, tu verras, on va faire l'amour. Tous les jours. Pendant la fécondité. Tu remarcheras. Je suis sûre que tu remarcheras. Tu bouges les mains, les pieds, il y a une flamme dans tes yeux. Regarde ton visage. »

Je ne me vois pas. Une flamme dans mes yeux… Je caresse mon visage avec une de mes mains. Je sens une grosse ride au milieu de mon front, j'ai pris de l'âge. Sinon, quand je touche, c'est bien mon visage. Je vois mes pieds, mes mains, mes jambes, mon torse jusqu'aux épaules. Mais, mon dos, mes fesses, mes mollets, ma nuque, mon visage, jamais. J'ai une grosse ride. Au toucher, qui semble vide. Creuse, avec un peu de sueur. Pas de sang. Je jouis un peu chaque jour, bouge un peu mieux. Même les jambes. Un pied sur le sol. Je ne fais plus dans le bassin. Avec l'aide de Muriel je me déplace jusqu'à la salle de bains. Peu à peu elle me réalimente. Au fond de la gorge j'avais perdu l'habitude. Oublié le plaisir. Je ne retrouve pas le plaisir bien sûr. Dans la nourriture, dans la jouissance, quel plaisir ? je ne retrouve pas. Sur mon front il y a une ligne de mort.

Je marche. Je vais devant toutes les glaces. La journée, Muriel me laisse seul, sort. Moi, je vais devant les glaces. Dedans je vois à travers moi. Muriel me téléphone. Elle me sait seul, elle me téléphone de son travail. Moi, je n'ai plus de reflet. Pire que plus de parole. Je me couche et j'entends des phrases. Toujours trois phrases, les mêmes. D'anciennes paroles du prêtre.

Je me couche. J'entends : « Il lui fut donné la clé du puits de l'abîme. Et il en monta une fumée comme celle d'une grande fournaise. Le soleil en fut obscurci, ainsi que l'air. » Toujours ces trois phrases. Je reste couché. J'allume la télévision mais il n'y a plus de feu. C'est la fin de l'été. Je m'endors, me réveille. Muriel rentre. Je mange par la voie naturelle. On dort dans les bras. Muriel dit qu'elle n'a plus de règles, que c'est le signe d'un enfant. Elle n'a plus de délires. J'ai toujours au front cette ligne.

La vie reprend. Muriel semble attendre un enfant. En son absence, toujours rien dans les glaces. J'essaye des cris, toujours rien. En tout cas, plus de douleur. J'ai vaincu, je sais que j'ai vaincu, mais je voudrais me voir. Pour parler j'écris sur des papiers. À Muriel maintenant, de plus en plus, j'écris. Elle me voit, elle, dans la glace. Adore en elle me voir. Dans la maison, il y a beaucoup de silence. Sauf l'extérieur. Le bruit du vent, les chiens, des bruits de gens. Qui même dérange. Ça me dérange tout ça maintenant. Je ne suis pas mort. J'ai vaincu. Les paroles du prêtre me reviennent. Couché, quand j'ai vu rien dans toutes les glaces.

« Il leur fut défendu de faire aucun tort à l'herbe de la terre, à rien de ce qui verdoie, ni à aucun arbre, mais seulement aux hommes qui ne portent pas sur le front le sceau de Dieu. »

Je marche derrière les collines, j'ai quitté la maison. Qui pourrait vivre avec au front une ride qu'il ne voit pas ? Je marche vers la forêt. Je suis parti en l'absence de Muriel. Il n'y avait rien dans les glaces, pas moi. J'ai écrit sur une feuille : ne me cherche pas. Je lui laisse tout comme si j'étais mort. La maison, le lit, un enfant s'il ne naît pas mort. S'il naît, que ce soit vivant ! Je pars dans la forêt parce que j'ai une ride que je ne vois pas. J'ai quitté l'endroit des maisons. Je marche dans des chemins où il n'y a rien. De là, on n'aperçoit pas la forêt. Même à l'horizon, pas encore. Je touche mon front, c'est comme une blessure cette marque au front. Une ligne comme dans mes mains. Une femme court à ma rencontre « n'y allez pas, il y a le feu », elle dit que les gens sont intoxiqués à cause des fumées. Il faut s'éloigner. Certains ont des brûlures aux mains. Les flammes progressent à cause du vent.

Il n'y avait personne sur ce chemin, j'étais bien. La femme me parle, je ne dis rien, elle me dépasse. D'autres arrivent, eux aussi fuient le feu. « Ça a commencé par un feu de broussailles, innocent, transformé en feu du diable. » Ceux qui courent me crient des phrases, puis me dépassent. « …le retour du vent, des rafales », les gens courent vers la ville, me croisent, me mettent en garde. « Le feu couvait sous l'humus… resurgit çà et là, enflamme la végétation… » Je cherche au fond de ma gorge une voix. J'ai au front la blessure d'un glaive, contre le dolosal j'ai repris vie, voudrais la voir. J'aperçois maintenant l'horizon. Il y brûle un incendie. J'y vais. Un homme me croise, un homme brûlé, qui ne peut pas courir, se mord la langue de douleur. Il me dit « n'y allez pas, c'en est fait de notre forêt, il y a là-bas une chaleur…, n'y allez pas, c'est un déferlement, un raz de marée de flammes et de cendres, qui peut dire le responsable ? ». Je cours vers la forêt. Les foyers sont sans cesse ravivés par le retour du vent. Le front du feu s'élève devant moi. Il ne pourrait être éteint que par la pluie. J'entends « la lucidité est la blessure la plus rapprochée du soleil ». J'entre dans la fumée, la poussière. Les broussailles, l'herbe, les chênes brûlent, toute la végétation. La forêt est remplie de fumée. Comme si le feu du soleil était tombé sur elle. Tous les chênes de la forêt brûlent, toutes les broussailles. J'avance au milieu des arbres en feu jusqu'à une clairière épargnée par les flammes, au milieu une source, le début d'un lac. J'approche de l'eau avant de me donner aux flammes. J'approche comme d'un miroir. Il y a moi dedans avec une ride. Une ride indescriptible, fluide vue dans l'eau. Dans la petite rivière, elle bouge comme des lèvres. J'entre dans l'eau, suis mon reflet. J'ai retrouvé mon reflet, je me suis trouvé beau. Je reste longtemps, sans bouger, dans le courant. Le bras s'élargit, je nage. Dans l'eau tous les poissons sont morts, d'ailleurs, quand on la boit elle a un petit goût de sang. Je nage, vérifie mon reflet, ma ride bouge par effet de miroir. Des heures que je nage. Les brasiers sont éteints. La rivière de plus en plus large s'enfonce dans la forêt en cendres. Moi, je donne des grands coups de brasse, mets la tête sous l'eau, la ressors, je ris. Il n'y a plus de flammes, je sors, marche dans la forêt grise. Dans la poussière, la mousse sèche. Je suis vivant. Sur des pierres brillantes, je vois mon reflet. Je suis beau. J'entends d'autres pas. Sur la terre calcinée, des branches mortes craquent. Au milieu des arbres noirs s'avance une femme avec du ventre.

« Ceux qui fuyaient le feu m'ont dit qu'ils t'avaient vu. Ils m'ont dit : "Il est entré dans le feu. Dans la forêt en feu",… j'ai couru… »

C'est Muriel, je lui dis : « Je vis. »

DU MÊME AUTEUR

L'USAGE DE LA VIE, Mille et Une Nuits, 1999

L'INCESTE, Stock, 1999

L'USAGE DE LA VIE — CORPS PLONGÉ DANS UN
  LIQUIDE — NOUVELLE VAGUE — MÊME SI (théâtre)
  Fayard, 1998

SUJET ANGOT, Fayard, 1998 et Pocket 1999

LÉONORE TOUJOURS, nouvelle édition, Fayard, 1997

LES AUTRES, Fayard, 1997, Pocket, 1998

INTERVIEW, Fayard, 1995, Pocket, 1997

NOT TO BE, Gallimard, collection L'Arpenteur, 1991 et Folio n° 3345

VU DU CIEL, Gallimard, collection L'Arpenteur, 1990 et Folio n° 3346

COLLECTION FOLIO

Dernières parutions